Otto Kohlrausch

Zur Anatomie und Physiologie der Beckenorgane

Anatiposi

Otto Kohlrausch

Zur Anatomie und Physiologie der Beckenorgane

Unveränderter Nachdruck der Originalausgabe von 1854.

1. Auflage 2023 | ISBN: 978-3-38201-920-4

Anatiposi Verlag ist ein Imprint der Outlook Verlagsgesellschaft mbH.

Verlag: Outlook Verlag GmbH, Zeilweg 44, 60439 Frankfurt, Deutschland
Vertretungsberechtigt: E. Roepke, Zeilweg 44, 60439 Frankfurt, Deutschland
Druck: Books on Demand GmbH, In de Tarpen 42, 22848 Norderstedt, Deutschland

22.9.28.

ZUR

ANATOMIE UND PHYSIOLOGIE

DER

BECKENORGANE

NEBST NATURGETREUER

ABBILDUNG DER LÄNGSDURCHSCHNITTE DES MÄNNLICHEN
UND WEIBLICHEN BECKENS

VON

DR. O. KOHLRAUSCH.

MIT DREI KUPFERTAFELN.

LEIPZIG,
VERLAG VON S. HIRZEL.
1854.

Seit Jahren, verehrter Lehrer und Freund, ist es mein Wunsch gewesen, Ihnen ein Zeichen der tiefen Verehrung und Hochachtung zu geben, welche ich für Sie empfinde. Das Glück stellte mich bald, nachdem ich meine Laufbahn begonnen, unter Ihre Augen, und Ihrer Theilnahme an meiner Thätigkeit und meinen Arbeiten habe ich es allein zu verdanken, wenn ich vielleicht eine Arbeit geschaffen habe, die Ihrer Lehre nicht ganz unwürdig ist.

Nehmen Sie, was ich zu bieten vermag, nachsichtig auf und erblicken Sie darin ein Zeichen meiner dauernden Dankbarkeit für die reiche Hülfe, welche Sie mir in den verschiedensten Lebensverhältnissen geleistet haben.

DER VERFASSER.

VORWORT.

Als ich mir zum eigenen Unterrichte und zum Gebrauche bei Vorlesungen nach der später anzugebenden Methode Längsdurchschnitte von Becken mit den enthaltenen Eingeweiden machte, fiel es mir auf, wie mangelhaft die bisher gegebenen Zeichnungen solcher Durchschnitte sind. Kann das erste Erforderniss, einen treuen, wenn auch rohen Situationsplan zu geben, fand ich in diesen Abbildungen erreicht. Daneben drängte sich mir die Ueberzeugung auf, dass sich auf solchen Durchschnittszeichnungen viel mehr müsse erreichen lassen. Manches anatomische Detail, welches sich auf diesen Durchschnitten schön zeigte, lässt sich auf keine andere Weise gut veranschaulichen. Ich entschloss mich daher, einige Abbildungen solcher Durchschnitte zu veröffentlichen, auf denen alles Instructive, welches die Durchschnitte darbieten, benutzt wäre.

Dies war der Ursprung der gegenwärtigen Arbeit. Der Hauptnutzen, welchen der fortgesetzte Umgang mit der Anatomie für Aerzte und zumal Chirurgen hat, ist der, eine klare, vollkommen durchsichtige Anschauung der Theile zu gewinnen. Nichts ist hierzu erspriesslicher, als richtige Durchschnittszeichnungen.

Vielleicht irre ich mich, aber es ist mir so vorgekommen, als ob über die Lage der Beckentheile vollkommen klare Anschauungen nicht so verbreitet wären, als über viele andere Regionen. Schon die Richtungsbezeichnungen des vorn, hinten, oben, unten hört man oft falsch angeben und meistens so gebrauchen, als ob man das Becken vor sich auf dem Tische hätte. Die Beckenneigung ist nicht gehörig eingeprägt, nicht mit der übrigen Beschreibung verschmolzen. Wenn man anatomisch spricht, muss man in dieser Beziehung sehr streng und consequent zu Werke gehen. Die obere Apertur des kleinen Beckens z. B. ist nicht nach oben, sondern nach vorn gerichtet, denn sie macht 60° mit der Horizontalebene. Alles, was sich darauf bezieht, soll also heissen nach vorn und oben. Das Kreuzbein schliesst das Becken nicht hinten, sondern oben und hinten u. s. w.

Sollte dieser Missstand nicht zum Theil daher rühren, dass man so selten eine bildlich klare Anschauung dieser Situationen bekommt; dass z. B. die meisten Zeichnungen von Beckendurchschnitten und anderen Beckenansichten schon aus Papierersparniss nicht in der wahren Beckeninclination dargestellt werden? Eine einmal eingeprägte Zeichnung reproducirt sich der Phantasie viel lebhafter, als dem Gedächtnisse alle corrigirende Beschreibung, die man vor - oder nachher in sich aufnimmt.

Ich hoffe deshalb, dass die gelieferten Tafeln dazu beitragen werden, in den weiteren Kreisen der Aerzte und Chirurgen eine naturgetreuere Auffassung der Lagenverhältnisse der Beckenorgane u. s. w. verbreiten zu helfen. Wenn dies gelingt, ist mein Zweck erreicht.

Die Tafeln machen auf Treue Anspruch, nicht auf Kunstwerth. Ich habe sie selbst gezeichnet, was hinreicht, Prätensionen der letzteren Art zurückzuweisen. Ich that es aber, um für die Treue einstehen zu können. Der Zeichner von Profession wird das ganze Bild viel kunstgerechter auffassen, aber das Detail nicht so treu auszuführen vermögen. Diese Ueberzeugung drängte sich mir immer wieder auf, wenn ich oft halbe Tage lang die Faserung der Muskeln oder die Verbreitung der Membranen verfolgte, kleine Schnittchen mikroskopisch untersuchte und den Befund topographisch in die Zeichnung eintrug. Das kann man keinem Anderen so zeigen, wenigstens hatte ich hier keinen, dem ich diese Arbeit hätte überlassen mögen. Ich hoffe, dass sich die vielfachen technischen Mängel der Zeichnungen durch Vorzüge in Bezug auf topographische Treue werden entschuldigen lassen.

Um die Uebersicht zu erleichtern, habe ich einzelne Systeme übereinstimmend coloriren lassen. Das Bauchfell orangeroth, die *fascia pelvis* blau, die Muskeln blassroth, die Schleimhäute gelb. An dem männlichen Beckendurchschnitte sind die Venen violett angegeben; sie waren injicirt. Nicht so am weiblichen, wo die Lumina schwarz angedeutet sind. Durch diese Coloraturen gewinnen die Bilder nicht an Natürlichkeit, aber an Uebersichtlichkeit.

Sollten einige Einzelnheiten in den Abbildungen von gelegten Ansichten abweichen, die Situationen der Organe anders erscheinen, als die gewöhnlichen Vorstellungen es mit sich bringen, so bitte ich, nicht eher darüber abzuurtheilen, bis man sich durch ähnlich bereitete Präparate von der Richtigkeit oder Unrichtigkeit überzeugt hat. Auch ich hatte mir Manches etwas anders gedacht, als ich es gefunden habe.

Obwohl ich anfänglich die Absicht nicht hatte, einen weitläufiger erläuternden Text den Tafeln beizugeben, so ging es mir doch, wie es bei manchen Arbeiten geht, — ich wollte nur die nöthigsten Erläuterungen niederschreiben und schrieb zugleich Erörterungen und Ideen nieder, welche sich an die nothwendigen Erläuterungen anknüpften. Es sollte keine umfassende anatomische Beschreibung aller Beckenorgane und Theile sein, da ich nicht gern alles Bekannte und Abgemachte wiederholen mochte. Eben so wenig sollten da neue Entdeckungen vorgelegt werden, wo eben keine zu machen waren. Es sollten vielmehr die Gegenstände besprochen werden, worüber noch keine ganz vollständige Uebereinstimmung herrscht, Punkte des anatomischen Details berührt werden, wo noch eine fernere Forschung möglich scheint und wo vielleicht Einzelnes durch meine Untersuchung zur genaueren Unterscheidung beigetragen ist. Ich glaube die ganze Arbeit ohne Vorurtheile unternommen und durchgeführt zu haben, und bitte deshalb um vorurtheilsfreie Prüfung und Beurtheilung.

HANNOVER im Juli 1853.

DARSTELLUNG DER PRÄPARATE.

Bei der Bereitung der Präparate wurde das Hauptaugenmerk immer darauf gerichtet, alle Theile durchaus in ihrer natürlichen Lage zu erhalten. Das Verfahren war folgendes. Das Becken wurde vom übrigen Körper getrennt, indem ein Querschnitt durch die Bauchdecken zwei Finger breit unter dem Nabel begonnen, an beiden Seiten zwei Finger hoch über der *spina anterior superior* fortgesetzt und nach hinten über den Hüftbeinkämmen gegen die Wirbelsäule vollendet wurde. Es ist von Wichtigkeit, die vorderen Bauchdecken nicht zu nahe oberhalb der Schambeinverbindung zu durchschneiden, damit nicht das Bauchfell, wo es zum Blasenscheitel herübergeht, seinen Halt verliert. Die Wirbelsäule wurde zwischen dem 4. und 5. Lendenwirbel getrennt, die Oberschenkel exarticulirt. Auf diese Weise blieb der untere Theil des Bauchfells, so weit es die Lage des Mastdarms, Uterus und der Blase mit bedingt, unversehrt in seiner Lage. Das ganze Becken wurde, nachdem die Blase, wo nöthig, durch den Katheter, der Mastdarm durch Ausspritzen gereinigt waren, in Branntwein gelegt. Dann wurde zunächst die Blase durch Einspritzen von Weingeist, von der Harnröhre aus, mässig ausgedehnt. Dies hat keine Schwierigkeiten, denn wenn man unter Weingeist injicirt, so fliesst nicht viel wieder aus, besonders beim männlichen Becken. Beim weiblichen lässt die kurze Harnröhre leichter die Flüssigkeit wieder ausfliessen, aber eine mässige Ausdehnung erzielt man doch leicht, besonders wenn man durch die Harnleiter einspritzt und in den nächstfolgenden Tagen etwas nachsetzt.

Schwieriger ist es, dem Mastdarm eine entsprechende Ausdehnung zu geben und ihn so zu erhalten. Am ersten Tage brachte ich einen Pfropf von Baumwolle in und ein wenig über den *sphincter ani*, dehnte den Darm von oben her durch eingespritzten Weingeist aus und band ihn unter dem Tubulus zu. Dennoch fand ich ihn des anderen Tages immer wieder etwas collabirt und füllte ihn dann, wenn die Wandungen durch den Weingeist schon einen gewissen Grad von Festigkeit erlangt hatten, locker mit Baumwolle aus. Ich habe auch wohl versucht, den Darm durch Luft ausgedehnt zu erhalten, aber immer vergeblich.

Die Scheide habe ich nicht künstlich angefüllt, da sie unter gewöhnlichen Verhältnissen überhaupt kein Lumen besitzt.

So vorbereitet blieb das Präparat 12 bis 14 Tage zum Erhärten in dem Weingeist liegen, doch musste derselbe nach den ersten 3 bis 4 Tagen einmal und oft später noch einmal erneuert werden. Hatten nun die einzelnen Theile eine entsprechende Festigkeit erhalten, so wurde das Becken halbirt. Hinten wurden die Wirbel, das Kreuz - und Steissbein in der Mitte durchsägt, vorn die *symphysis ossium pubis* mit dem Messer getrennt, doch so, dass möglichst viel des Zwischenknorpels an der Hälfte des Beckens stehen blieb, welche das Präparat abgeben sollte. Die äusseren Weichtheile wurden nicht in der Mittellinie, sondern mehr nach der wegfallenden Hälfte zu durchschnitten und erst später abgetragen. Die Hälfte der Beckenknochen, welche wegfallen sollte, wurde nun abgeschält, so dass alle innerhalb der Beckenhöhle liegenden Organe vorläufig unversehrt blieben. Bei diesem Halbiren des Beckens, welches man nicht füglich unter Weingeist vornehmen kann, muss man mit dem Präparate etwas vorsichtig umgehen, es nicht zu viel hin und her wenden, die Blase und Gebärmutter mit der Hand leicht unterstützen, beim Ablösen der Knochenhälfte die Weichtheile nicht spannen und zerren. Uebrigens ist eine Verschiebung der Theile jetzt nicht mehr so leicht, da sie schon in der natürlichen Lage erhärtet sind. Sobald die Hälfte der Beckenknochen entfernt ist, lege ich das Präparat wieder auf einige Tage in Weingeist und beginne erst dann den Durchschnitt der Weichtheile.

Dies geschieht durch Abtragen mittelst Scheere und Messer unter Weingeist. Macht man es wie Houston, der die Weichtheile in der Mittellinie von vorn nach hinten in einem Tempo zu durchschneiden sucht, so kann dies nur mit grosser Gewaltsamkeit geschehen und gelingt nicht ohne Verschiebung der Theile. Die Theile, welche den geringeren Widerstand bieten, z. B. Blase und Mastdarm, Bauchfell u. dgl., trage ich mit der auf dem Blatt gebogenen Scheere allmälig bis gegen die Mittellinie ab. An anderen Stellen bieten die Theile einen hinreichenden Widerstand, um sich, ohne wesentlichen Druck, mittelst eines scharfen Rasirmessers abtragen zu lassen. So der Uterus, die Prostata, der Damm, die unterste Partie und Umgebung des Mastdarms und die äusseren Genitalien.

Ich habe die Durchschnitte nicht genau bis auf die Mittellinie geführt, sondern eine Kleinigkeit, vielleicht 1 Linie, diesseits stehen lassen, weil die Ansicht alsdann instructiver ist. Geht man bis ganz auf die Mittellinie, so verliert man die Ansicht von dem Lumen der Harnröhre und erhält mehr das Bild einer seichten Furche, als eines Canals. Ich habe deshalb die Harnröhre nur an der Seite geöffnet und sie etwas gesperrt, so dass man in sie hineinsieht. Dabei bleibt beim männlichen Becken auch der Samenhügel und der Durchschnitt der letzten Windungen des *vas deferens* sichtbar. Die Cowper'sche Drüse ist präparirt und dann fast im Niveau der übrigen Fläche durchschnitten. Der Hoden-Durchschnitt ist nicht bei demselben Präparate gemacht, sondern hinein übertragen. Der Ebene nach gehört er nicht in diese Durchschnittszeichnung. Da er aber sehr leicht wegen der Beweglichkeit des Hodensackes in diese Fläche gebracht werden kann, schien mir seine Zugabe hier nicht unangemessen. Bei dem männlichen Becken, welches zur Zeichnung gedient hat, waren vorher die Venen von der *vena dorsalis penis* aus mit Masse injicirt, was auch aus der Abbildung hervorgeht. Das weibliche Becken war nicht injicirt.

DIE ZEICHNUNG.

Die Contouren für die Zeichnungen Tab. I u. II sind folgendermassen genommen.

Nachdem das vollendete Präparat in Weingeist so gelagert war, dass seine Durchschnittsfläche mit dem Rande des enthaltenden Gefässes fast eine Ebene bildete, wurde eine

Glasplatte darüber gelegt und ein Diopter etwa 2 Fuss über der Mitte des Präparates angebracht. Während das Auge durch die Apertur visirte, wurden die Contouren der einzelnen Theile auf dem Glase mit einer Tinte nachgezogen, welche aus Druckerschwärze, verdünnt mit Terpenthinöl, besteht. Diese Tinte fliesst, wenn man den gehörigen Verdünnungsgrad getroffen hat, recht gut aus der Feder und haftet, ohne auszufliessen, am Glase. Wenn die Zeichnung vollendet ist, haucht man die Glasscheibe wiederholt an, bis sie etwas beschlägt, und nimmt dann einen Abdruck, indem man einen Bogen Papier auflegt und mit einem Tuche wiederholt darüber hinreibt. Wenn die Tinte nur nicht zu dick aufgetragen ist, dass die Striche auf dem Abdrucke nicht zu breit werden, erhält man sehr treue und brauchbare Abdrücke, welche den auszuführenden Zeichnungen zum Grunde gelegt werden können. Ich finde diese Methode, genaue Contouren zu anatomischen Zeichnungen zu gewinnen, sehr leicht und bequem. Erhebliche Fehler können dabei nicht vorkommen, wenn nur die Glasplatte nahe auf dem Objecte liegt.

In die so gewonnenen Contouren wurden nun die feineren Details hineingezeichnet. Ich habe fast jede Stelle mikroskopisch untersucht, um besonders die Grenzen der Muskelausbreitung genau wiedergeben zu können, die sich dem blossen Auge nicht so deutlich darstellen, wie sie auf den Zeichnungen erscheinen. An manchen Stellen verlieren sich die Muskelpartieen allmälig in das umgebende Bindegewebe oder in die Substanz der Organe und können nur mikroskopisch nachgewiesen werden. Ebenso verhält es sich mit der Ausdehnung der eigentlichen Drüsensubstanz der Prostata in der Umgebung und an der vorderen Seite der Harnröhre.

Da die Tafeln besonders dazu dienen sollen, eine richtige Ansicht von der Lage der Beckentheile mehr zu verbreiten, so schien es mir besonders wichtig, in den Zeichnungen die richtige Beckenstellung beizubehalten. Diese prägt sich besonders dem Anfänger weit besser durch die Anschauung als durch alle Beschreibung ein. Dass man die Lage der Harnröhre, der Blase und der einzelnen Blasentheile oft so falsch beschrieben findet und noch häufiger falsch bezeichnen hört, rührt nur daher, dass man die Beckenneigung dabei ausser Acht gelassen hat.

Die Beckenneigung ist bekanntlich in verschiedenen Individuen oft sehr verschieden. Ich habe deshalb die mittleren Grenzen gewählt und das männliche Becken bei einer Neigung von 56°, das weibliche bei einer Neigung von 64° dargestellt. *)

---

*) Es ist interessant, die Verschiedenheiten der Beckenstellung anatomisch zu verfolgen. Die äussersten Grenzen der Beckenneigung bei noch jugendlichen Subjecten, welche mir vorkamen, sind auf der einen Seite 50°, auf der andern 70°. So starke Abweichungen vom Mittel, welches ohngefähr 60° beträgt, sind jedoch Ausnahmen. Die meisten Messungen hielten sich zwischen 55 und 65°, ganz in Uebereinstimmung mit Krause's Angaben. Ich stellte die Messungen an den frischen Leichen bei der Rückenlage an, nur wurde unter das Kreuzbein ein 1 1/4 " dickes Brettchen geschoben. Dies geschah, um die Lage der aufrechten Stellung ähnlich zu machen, wo auch das Kreuzbein nicht in einer verticalen Linie mit Ferse und Rücken ist, sondern vor derselben liegt, wie man leicht bemerkt, wenn man sich platt an eine gerade Wand stellt. Die Winkel wurden dann durch Massstäbe, welche sich mit einem aufgehängten Loth kreuzten, trigonometrisch bestimmt. Diese Untersuchungsmethode kann nur sehr unerhebliche Fehler geben.

Da das Becken der Träger der Wirbelsäule ist, so beachtete ich die verschiedene Richtung der Lendenwirbel bei verschiedener Beckenstellung genauer. Man findet dann, dass bei geringer Beckenneigung die Lendenwirbel in einem nach vorn beträchtlich convexen Bogen aufsteigen, während bei starker Beckenneigung dieser Bogen sich mehr der geraden Richtung nähert und der 5. Lendenwirbel gleich unter starkem Winkel vom Kreuz-

Die Tafeln sind besonders geeignet, eine Uebersicht der gegenseitigen Lage der Theile und der Dimensionsverhältnisse zu geben. Dabei ist nur stets zu bedenken, dass keines der hohlen Organe im Becken ein constantes Lumen besitzt, dass vielmehr gerade ihre Bestimmung darin beruht, Reservoire für Excreta zu bilden. Wenn wir hier die Theile in einer mittleren Ausdehnung abgebildet finden, so wird unter veränderten Umständen ein ganz anderes Verhältniss eintreten. Aber auch diese Veränderungen können wir uns an den vorliegenden Tafeln versinnlichen; die grössere Ausdehnung wird nach derjenigen Richtung erfolgen, wo der geringste Widerstand ist. Bei der Entleerung der Organe muss der entstehende leere Raum durch andere Theile ausgefüllt werden. An der Leiche sieht man, dass die dünnen Eingeweide diesen Dienst erfüllen. Bei leerer Blase liegen sie tief im kleinen Becken, lassen sich aber, wenn man die Blase künstlich injicirt, sehr leicht in die Höhe drängen.

Die Anfüllung des Mastdarms findet man bekanntlich in der Leiche sehr verschieden. Ist er ganz leer und die dünnen Eingeweide liegen tief im Becken, so liegt er gewöhnlich platt in der Aushöhlung des Kreuzbeins. In der Zeichnung habe ich ihn in mässig gefülltem Zustande abgebildet, wie ich ihn durch mässiges Ausstopfen mit Baumwolle erhalten hatte.

Die Blase habe ich gleichfalls in mässig gefülltem Zustande dargestellt, da mir diese Ansicht die instructivste schien. Beide Organe sind in einem Zustande der Ausdehnung genommen, wo sie sich gegenseitig in ihrem Lumen nicht beeinträchtigen. Bei dieser Ausdehnung werden nur die dünnen Eingeweide aus der Beckenhöhle verdrängt. Dehnt eins der beiden Organe sich stärker aus, so wird es zum Theil mit auf Kosten des Raumes geschehen, den das Nachbarorgan einnimmt.

Wir wollen nun zu einigen Bemerkungen über die einzelnen Organe übergehen.

MASTDARM.

Der untere Theil des Mastdarms, wenn durch Fäces stark gefüllt, wird mit seiner hinteren Wand ausgesackt gegen das Steissbein anrücken, so weit es die festen Theile gestatten. Vor demselben, wo die zweite Biegung eintritt, wird eine etwas grössere Ausstülpung an der vorderen Wand möglich unter der Prostata gegen den Damm zu. Hier Tab. I. b.

---

bein absetzt, wodurch ein scharf hervortretendes Promontorium gebildet wird. Die Richtung der letzten Lendenwirbel im Verhältniss zur senkrechten Körperaxe war an den beiden genannten Becken folgendermassen:

Becken von 50° Neigung.

V. Lendenwirbel nach vorn geneigt unter einem Winkel von 23°.
IV. -   -   -   -   -   -   -   - 6°.
III.   -   - hinten -   -   -   - 10°.

Becken von 70° Neigung.

V. Lendenwirbel nach hinten geneigt unter einem Winkel von 6°.
IV. -   -   -   -   -   -   -   - 16°.
III.   -   -   -   -   -   -   - 19°.

Während bei dem ersten Becken die Lendenwirbel einen starken Bogen machen, der erst nach vorn gegen die Körperaxe gerichtet ist und dann nach hinten abweicht, weicht der viel geringere Bogen der Lendenwirbel bei dem zweiten Becken gleich nach hinten ab.

Es ist dies alles ganz natürlich, ja mechanisch nothwendig, da bei starker Beckenneigung die Schenkelpfannen (die Schwerpunktträger) nach hinten zurückweichen, die Wirbelsäule sich also, um im Gleichgewicht zu stehen, auch zurücklehnen muss. Es scheint mir aber bis dahin noch nicht gehörig beachtet.

findet man in der That bei gefülltem Mastdarm eine Vorstülpung nach vorn, und auf einigen meiner Querschnitte, wo ich den Darm etwas stark mit Baumwolle ausgefüllt hatte, zeigte sich dies sehr auffallend. Es ist auch ganz erklärlich, dass diese Stelle der vorderen Mastdarmwand der Ausdehnung vorzugsweise ausgesetzt ist. Man darf nur die Richtung betrachten, in welcher die Fäces andringen. Auf der schräg abfallenden hinteren Wand, welcher das Steissbein zur Stütze dient, erhalten sie die Richtung nach unten und vorn und drängen gegen die vordere Darmwand. Bei gehöriger Festigkeit der Weichtheile wird der Druck hier abgehalten und nach unten und ein wenig nach hinten gegen das Orificium geleitet. Verlieren aber die Wandungen an Festigkeit, so wird vorzugsweise an dieser Stelle ein Nachgeben stattfinden können, da ausser der Darmwand selbst nur die Weichtheile des Dammes etc. sich dem Druck entgegenstellen. Die Darmcontenta agiren hier wie ein Strom, durch welchen an den Krümmungen das concave Ufer immer mehr ausgehöhlt wird.

Diese sehr gewöhnliche vordere Ausbuchtung der Darmwand wird, wenn harte Fäces im Mastdarm liegen, oft sehr fühlbar bei den Manualuntersuchungen der Vagina. Sie erklärt, wie eine *retentio urinae* zuweilen durch hartnäckige Stuhlverstopfung entstehen kann und wie feste *scybala* die Geburt, wenn auch nur in mässigem Grade, erschweren können. Ein Blick auf die Tafeln lehrt dies. Auch in Bezug auf den Steinschnitt ist diese Ausstülpung zu berücksichtigen und es erklärt sich daraus der zuweilen eintretende unangenehme Vorfall des Mastdarms, wenn der Schnitt zu nah an seiner Wand hergeht.

Die Lage und Biegung des Mastdarms *ad longitudinem* sieht man auf den Tafeln genau nach der Natur. Dass bei einzelnen Individuen die eine Krümmung beträchtlicher, die andere weniger beträchtlich sein mag, dass der Grad der Krümmungen bei verschiedener Anfüllung Verschiedenheiten darbieten wird, ist leicht vorauszusetzen. In der Regel aber zeigt sich diese Krümmung so, dass sie zuerst, der Aushöhlung des Kreuzbeins bis zu dessen Spitze folgend, gebogen von oben und vorn nach unten und hinten geht, von da allmälig, der Richtung des Steissbeins entsprechend, nach unten und vorn fortschreitet, unter der Spitze des Steissbeins aber wieder die Richtung nach unten und zuletzt nach unten und ein wenig nach hinten bis zur äussern Apertur einschlägt. Also eine eigentlich S förmige Krümmung. Die Zweckmässigkeit dieser Krümmung in dem Enddarme eines aufrecht gehenden Wesens sticht in die Augen. Wäre das Darmende gerade absteigend gelagert, so hätte der Sphinkter immer die ganze Last der Contenta zu tragen. Auch Darmsenkungen und Schleimhautvorstülpungen würden weit häufiger eintreten. So tragen die Curven den grösseren Theil der Last.

In Bezug auf die Mastdarmlage *ad latitudinem* herrscht allgemein die Angabe, dass der Darm von der linken Seite des Promontorium neben der Mittellinie ein wenig in der linken Beckenhälfte gelagert herabsteige und erst in seiner untersten Partie sich nach der Mitte hinwende. Meine Untersuchungen sind nicht zahlreich genug, um dieser Angabe zu widersprechen. Allein in der Mehrzahl der Fälle habe ich das Verhältniss etwas anders gefunden. Von der linken Seite des Promontorium geht der Darm schwach gebogen bis gegen die Mitte, ja zuweilen etwas nach rechts hinaus über die Mitte des Kreuzbeins. Dann wendet er sich wieder nach links und behält die Lage in der linken Beckenhälfte bis zum zweiten Steissbeinwirbel, von wo er sich wieder nach rechts, also nach der Mittellinie wendet. Hiernach fände also auch in der Lagerung *ad latitudinem* eine, freilich schwache, S förmige Biegung statt. Da diese Lagerung mir zuerst beim Bereiten der Präparate auffiel, habe ich sie auch auf andere Weise zu constatiren versucht. Bei der Bereitung der Durchschnittspräparate wird diese seitliche Abweichung, obwohl sie unbeträchtlich ist, leicht bemerkbar, da sie sehr augenfällig ist, wenn man, um die Fläche in gleiches Niveau zu bringen, von der Darmwand an einer Stelle mehr abtragen muss, als an einer andern, wobei dann das stehenbleibende Stück an einer Stelle tiefer, an der andern flacher ausfällt. An andern Leichen habe ich den Darm, um die Beobachtungsfehler, welche aus der Beweglichkeit dieses Theils hervorgehen, möglichst zu vermeiden, in seiner vorgefundenen Lage mit Nadeln an das Promontorium und Kreuzbein geheftet und dann die Lage genau untersucht. Selbst beim Neugeborenen, wo die Darmkrümmung sehr viel unbeträchtlicher ist, als beim Erwachsenen, fand ich so, dass der Darm vor dem oberen Theil des Kreuzbeins die Mittellinie nach rechts überschritt. — Wenn man das Rectum in seiner normalen Lage am Promontorium befestigt und dann aufbläst, sieht man gleichfalls die seitliche Krümmung sich vermehren und den Darm vor dem oberen Theile des Kreuzbeins nach der rechten Beckenhälfte hin ausgebogen werden, während er sich tiefer unten stark nach links krümmt. Alle diese Beobachtungen scheinen mir eine S förmige seitliche Biegung zu erweisen, und ich führe sie an, um zu wiederholter genauer Beobachtung der Lage anzuregen. Es ist zwar kein Gegenstand von grosser Bedeutung, da die ganze Abweichung kaum eine Differenz von 6 Linien ergiebt, aber in chirurgisch-anatomischer Beziehung doch nicht ohne Interesse.

Die Schleimhautfalten des Mastdarms findet man, besonders in den chirurgisch-anatomischen Handbüchern, meistens als longitudinal verlaufend beschrieben. Velpeau geht so weit, dies daher zu erklären, dass der Mastdarm nur longitudinale Muskelfasern besitze, wobei er nicht bedenkt, dass dadurch an der Schleimhaut Querfalten, nicht longitudinale erzeugt werden würden. Der Grund dieser Angaben liegt wohl darin, dass man den Darm im nicht ausgedehnten Zustande untersucht hat. Wenn man den Dickdarm in stark contrahirtem Zustande untersucht, zeigt er gleichfalls Längsfalten. Bei mässiger Ausdehnung des Rectum, wie sie in den Präparaten stattfand, zeigen sich Längsfalten nur in dem untersten Theile des Darms, so weit sich die Einwirkung der Sphinkteren erstreckt. Höher sind schwache Querfalten sparsam vorhanden.

Eine beträchtliche Querfalte, *plica transversalis recti*, (Tab. I. II. a.) kommt in der Gegend hinter der Blase oder dem Uterus, vor der Mitte des Steissbeins, ganz constant vor. Sie springt vorzugsweise auf der rechten Darmwand vor und ragt ziemlich weit in das Lumen hinein. Sie ist mehr als halbringförmig, und verläuft an der vorderen Darmwand weiter als an der hinteren. Diese Falte hat die Aufmerksamkeit der Anatomen mehrfach erregt und ist neuerdings als *sphincter ani tertius* eingeführt. (Hyrtl, Anat. 471.; topogr. Anat. II. 92.) Obwohl die für eine solche Bezeichnung angeführten Gründe manches für sich haben, scheint mir doch das anatomische Verhältniss nicht geeignet, eine solche Bezeichnung zu rechtfertigen. Bei in Weingeist erhärteten Darmstücken zeigt sich die Falte auf dem Longitudinalschnitt als Schleimhautfalte, in welche das Stratum der Zirkelfasern des Darms nicht eingeht. (Vergl. die Tafeln.) Die gewählte Bezeichnung liesse sich nur dann rechtfertigen, wenn entweder das Zirkelstratum in diese Falte einginge, oder an dieser Stelle überhaupt regelmässig stärker vorhanden wäre, als an den übrigen Stellen des Mastdarms. Beides kommt zuweilen vor, wie ich nachher in einem Beispiele anführen werde; allein in der Regel ist beides nicht der Fall. Die von Hyrtl angeführten physiologischen und pathologischen Beweise stellen auch nicht das Vorhandensein eines Sphinkter an dieser Stelle fest, sondern beweisen nur, dass Fäces oft auch bei längerer Verstopfung im oberen Mastdarmtheile verweilen können, ohne bis zu den Sphinkteren des Afters herabzusteigen. Das kann aber durch eine gleichmässige Contraction des ünteren Darmtheils, und andererseits durch die mechanischen Verhältnisse bedingt sein. Letztere sind gewiss nicht ausser Acht zu lassen, indem der Druck der *scybala* bei der S förmigen Biegung des Mastdarms nicht in der Richtung des Darmrohrs, sondern vorzugsweise auf die Darmwand erfolgt. An den Stellen der stärksten Biegung werden dadurch leicht Falten, gleichsam Einknickungen des Darms hervorgebracht, welche dann die Schleimhaut bedeutender treffen als die mit eigner Contractilität versehene Muskelhaut. Auf diese Weise erkläre ich mir die stärkere Entwicklung der fraglichen Falte so wie der in der Gegend des *promontorii* regelmässig vorkommenden, welche gleichfalls nur eine Schleimhautfalte ist, ohne damit das ursprüngliche Vorhandensein einer Anlage zu dieser Falte in Abrede zu stellen, da ich bei neugebornen Kindern in dem gestreckteren Mastdarme schon eine Andeutung dieser Falten öfter gefunden habe.

Wenn Hyrtl gefunden hat, dass der untere Theil des Mastdarms zwischen seinem *sphinct. tert.* und Mastdarmausgang immer von Koth leer sei, so stimmen damit weder meine an der Leiche noch in praxi gemachten Erfahrungen überein. In letzterer Beziehung erwähne ich nur, dass man bei hartnäckig Verstopften zuweilen die Spitze der Klystierspritze wegen vorliegender *scybala* nicht einzubringen vermag und bei der Exploration der *vagina* Schwangerer nicht selten *scybala* in dem unteren Theile des Mastdarms fühlt.

Uebrigens verdient diese Falte in manchen Beziehungen Beachtung. Sie liegt gerade an der Stelle, wo die angefüllte Blase oder der Uterus einen Druck auf den Mastdarm ausüben können. Dass hier, wenn der Darm comprimirt wird, die Falte klappenartig der Fortbewegung der Darmcontenta entgegen sein kann, ist sehr erklärlich. Auch bei Untersuchung des Mastdarms, beim Einführen des Wachsstockes oder elastischer Bougies muss man dies eventuelle Hinderniss kennen. Der Kunstgeübte vermeidet es gewöhnlich leicht, weil er, die Biegung des Darms kennend, gleich die Richtung nach links und hinten einschlägt, und so an der concaven Darmwand, die kein Hinderniss darbietet, emporgleitet. Der Unkundige stösst hier oft auf ein Hinderniss. Es ist bekannt, dass Klystiere bei der rechten Seitenlage schwieriger beigebracht werden. Es kann dies nicht blos durch die seitliche Krümmung des Darms hervorgebracht werden, denn diese ist im Ganzen zu unbeträchtlich. Zieht sich aber der Darm, durch die Spitze der Spritze gereizt, zusammen und treibt sich nach unten vor, so kommt, wenn die Spitze gegen die rechte Beckenhälfte gerichtet ist, gerade die in der Falte vortretende Schleimhaut gegen dieselbe und verschliesst sie. Dies wird vermieden, wenn die Spitze nach links gewendet werden kann. Daher die alte Regel für Hebammen und Wartefrauen, Klystiere nur bei der linken Seitenlage zu appliciren.

Dass diese Falte öfter zu Stricturen oder scirrhösen Verengerungen Veranlassung giebt [*]), scheint durch mehrfache Erfahrung bestätigt. Mir ist ein Fall vorgekommen, wo dies in sehr interessanter Weise zu beobachten war. Bei einem Hingerichteten fand ich auf dem anatomischen Theater, als ich das Becken zu einem Durchschnittspräparate vorbereitete, eine enorme Aussackung des Mastdarms über der Stelle, wo diese Falte vorhanden zu sein pflegt. Bei näherer Untersuchung fand sich hier eine bedeutende Strictur, die ich anfangs, ihrer Härte wegen, für scirrhös zu halten geneigt war. Es stellte sich jedoch ein anatomisch viel interessanteres Verhältniss heraus. Die Schleimhaut war gesund und bildete eine beträchtliche Duplicatur. Die Kreisfaserschicht der Darmwandmuskeln ging in diese Duplicatur ein und bildete einen

---

*) Vergl. Arnold: Anatomie II. 90. Hyrtl: Handb. der topogr. Anat. II. 92. Tanchou: *retrécissement du canal de l'urètre.* p. 181.

harten, hypertrophischen Muskelring, welcher mehrere Linien dick war. Nicht so die Longitudinalfaserschicht. Sie ging aussen grade über die eingeschnürte Stelle weg, und war nicht von ungewöhnlicher Dicke oder Derbheit. Der so entstandene Zwischenraum zwischen *tunic. musc. longitudinalis* und *circularis* war von Zellstoff ausgefüllt. (Vergl. T. III. Fig. V.) Es hatte sich somit eine Strictur gebildet, ohne eigentliche Degeneration der Gewebe, ein Verhältniss, welches aber darum nicht minder nachtheilige Folgen herbeizuführen im Stande ist. Eine solche Strictur trägt einen Grund zu beständiger Verschlimmerung in sich selbst. Indem die Längsfasern des Darms quer über die Falte weggingen, mussten sie durch jede Contraction, also durch Ausübung ihrer normalen Function, der Falte mehr und mehr Substanz zuführen, welche dann durch die Zirkelfasern mehr und mehr gegen das Darmrohr eingeschnürt werden konnte. Ob dies Individuum bedeutend an dieser Strictur gelitten hatte, habe ich nicht in Erfahrung gebracht. Von den stattgehabten beträchtlichen Anhäufungen über der Stelle gab aber die enorme sackartige Erweiterung des Mastdarms ein redendes Zeugniss.

Es ist in mehreren Beziehungen wichtig und von praktischem Interesse, dies Verhältniss zu kennen und im Auge zu behalten, ganz besonders aber in Bezug auf die Ursachen der habituellen Leibesverstopfung. Es findet sich nämlich viel häufiger, als man denkt, eine Erweiterung des Mastdarms über der im Vorhergehenden besprochenen Falte. Man kann sich davon überzeugen, wenn man bei Sectionen nicht versäumt, den Mastdarm aufzublasen. Veranlasst wird diese Ausdehnung durch zu langes Verweilen fester Kothmassen in diesem Theile des Darmkanals. Die üble Angewohnheit, den Stuhlgang über die gewöhnliche Zeit zurückzuhalten, ist als die häufigste Ursache anzusehen. Wer als Arzt weiss, welche unangenehmen Störungen eine habituelle Leibesverstopfung für das ganze Leben herbeiführt, wie manche Uebelstände theils die Verstopfung selbst, theils die dagegen nöthigen Mittel mit sich führen, wird es ganz angemessen finden, wenn ich hier einige Worte darüber sage.

Die *scybala* bilden, oder vielmehr formen sich bereits im Dickdarm, allein die festen und zusammengeballten Massen finden sich erst im Mastdarm; zu dicken Klumpen häuft sich der Koth erst im mittleren Theil des Mastdarms, über der *plica recti transversalis*. Bei dem Fortschreiten der Kothmassen durch den Darmkanal wird beständig von dem feuchten Inhalte derselben etwas resorbirt, wodurch sie an Consistenz gewinnen, und je länger die Massen also im *rectum* liegen, um so fester und härter werden sie. Indem sie schon an und für sich durch ihren längeren Aufenthalt an der fraglichen Stelle eine unnatürliche Ausdehnung des Mastdarms bewirken, wird diese Ausdehnung noch vermehrt bei den Versuchen, die Ausleerung zu bewirken. Die Falte des Mastdarms liegt unter dem Kothballen, der Mastdarm selbst macht unter dieser Stelle seine letzte und stärkste Biegung. So trifft der Druck, welcher durch das Pressen beim Versuche der Ausleerung ausgeübt wird, die Darmwand selbst über der Falte vorzugsweise im vorderen und seitlichen Umfange des Darmrohrs. Er wird auf diese Weise beutelförmig vorgetrieben, bis endlich der Koth die engere Stelle passirt und in den Ausgang des Mastdarms eintritt.

Die Entstehung dieser Darmerweiterung beginnt oft schon in den Kinderjahren, meistens nach der ersten Jugend, wo die geselligen Verhältnisse dazu mitwirken durch unzeitiges Schamgefühl die Befriedigung der natürlichen Bedürfnisse zu unterdrücken. Deshalb findet man habituelle Verstopfungen viel häufiger schon bei jungen Mädchen als bei jungen Männern, denen das Wort: *naturalia non sunt turpia*, geläufiger zu sein pflegt. In spätern Jahren nimmt das Uebel natürlich nicht ab, sondern zu, da es durch mechanische Bedingungen, welche beständig gleich bleiben, unterhalten wird.

Auf Darmerweiterung lässt sich immer schliessen, wenn bei habitueller Neigung zur Verstopfung unter mühsamen Drängen Kothmassen von ungewöhnlichem Durchmesser entleert werden.

Ebenso kann man bei Vorhandensein einer Strictur in der Gegend der *plica recti transversalis* auf eine Aussackung über der Strictur rechnen. Beide Uebel tragen dann gegenseitig die Ursache ihrer Verschlimmerung in sich.

Für meine praktischen Collegen brauche ich in Bezug auf die Prophylaxis kaum etwas zu sagen. Ich habe alte und erfahrene Familienväter und Mütter gekannt, die neben andern Erziehungsgrundsätzen es für eine goldene Regel erklärten, die Kinder von Jugend auf zur rechtzeitigen Befriedigung der Excretionsbedürfnisse anzuhalten. Jedes Kind musste des Morgens zum Aborte, es mochte einzuwenden haben, was es wollte. Die Natur gewöhnt sich so leicht und so auch an eine Regelmässigkeit in dieser Beziehung. Die Aerzte könnten manchem einen lebenslänglichen Arzneigebrauch ersparen, wenn sie auf solche Kleinigkeiten achteten und in den Familien, die sich ihrer Obhut anvertrauen, ein Wort zur rechten Zeit redeten.

Ist das Uebel vorhanden, so giebt es keine bessere und rationellere Behandlung als die Klystiere von kaltem Wasser. Die Erschlaffung der Mastdarmwandungen wird dadurch nach und nach vermindert und die Kothmasse erweicht. Man muss die Klystiere zweimal täglich nehmen lassen und dafür sorgen, dass sie im Mastdarm bleiben. Der Darm gewöhnt sich sehr bald an diesen Reiz und reagirt nicht mehr dagegen.

DIE MUSKELFASERN DES MASTDARMS.

Sie bilden bekanntlich eine doppelte continuirliche Schicht, ein inneres Stratum circulärer und ein äusseres longitudinaler Fasern. Beide Schichten behalten bis zum Ausgange des Mastdarms, während sie zuletzt ihre Form verändern, ihre Natur glatter Muskelfasern bei. Die Zirkelfaserschicht fängt 1 — 1 1/2 *) Zoll oberhalb des Afters an sich zu verdicken und wird zum *sphincter ani internus*, dessen Umfang und Faserrichtung man am schönsten auf dem Durchschnitte sieht. (Tab. I. II. c.) Die Längsfaserschicht breitet sich unten pinselförmig aus (Tab. I. II. d.) und verliert sich theils zwischen den, fast in gleicher Richtung eintretenden Endfasern des *m. levator intestini recti*, theils dringt sie pinselförmig zwischen die Bündel des *sphincter ani externus* ein (Tab. I. II. e.) und findet daselbst ihre Endanheftung. Mit dem *sphincter ani internus* bleibt sie durch Zellstoff verbunden.

Beim Manne lösen sich vorn, hinter der Spitze der Prostata, ein Paar Bündel von der Longitudinal-Schicht der Darmmuskeln ab und gehen unter dem unteren vorderen Ende der Prostata, dieser ziemlich genau anhängend, nach vorn, wo sie sich zwischen den Fasern des *m. transversus perinaei profundus* verlieren. (Vergl. Tab. I. f.)

Ausser den beschriebenen Muskelschichten am Ausgange des Mastdarms finde ich noch regelmässig ein sehr dünnes Stratum von Longitudinalmuskelfasern, welches zwischen Schleimhaut und *m. sphincter ani internus* liegt. Es entsteht etwa 1—1 1/2 Zoll über dem After unmerkbar aus der Kreisfaserschicht und reicht nach unten bis zum After, indem die Fasern auf diesem Wege sich der Schleimhaut innig inseriren. Man präparirt es am besten von der Schleimhautfläche aus. Ich möchte dies Stratum als *sustentator tunicae mucosae* bezeichnen,

---

*) Alle angegebenen Maasse sind nach Pariser Duodecimal.

2

indem ich seine Bestimmung darin suche, eine Vorstülpung der Schleimhaut, die sonst durch die Wirkung der Zirkelfasern und der vorschiebenden Fäces erfolgen könnte, zu verhüten. Es ist Tab. I. g. angedeutet, auf dem Querschnitt aber sonst, seiner geringen Dicke wegen, kaum aufzufinden. Ueberhaupt ist die Dicke der Schicht sehr gering und die Fasern lassen hie und da Lücken zwischen sich. Für den angegebenen Zweck möchten sie aber hinreichend sein.

DIE BLASE.

Die Blase hat zu ihrer Ausdehnung Spielraum zwischen der Symphyse der Schambeine einerseits, und dem Mastdarm oder der Scheide und Gebärmutter anderseits. Seitlich beschränken nur die festen Theile des Beckens ihre Ausdehnung. Nach oben und vorn ist der Raum nur durch die Eingeweide und Bauchdecken begrenzt.

Da die Blasenwandungen an allen Stellen, mit Ausnahme der Umgebung des *orificii*, ziemlich gleiche Stärke besitzen, so wird die Gestalt, welche die Blase bei der Ausdehnung annimmt, sich theils nach dem physikalischen Gesetze der Schwere, theils nach den mechanischen Verhältnissen, welche durch ihre Anheftung und durch die umgebenden Theile bedingt werden, richten. Dem Gesetze der Schwere nach wird die Blase eine abgeplattet rundliche Gestalt annehmen, deren kleinerer Durchmesser senkrecht steht, gerade als wenn man eine mit Wasser gefüllte Blase in eine Tasse legt. Es ist eine ganz falsche Vorstellung, wenn man sich die Blase als ein nach oben zugespitztes Sphäroid denkt; eine solche Beschreibung passt nur auf die entleerte Blase. Es bedürfte schon ganz besonderer Aufhängungsapparate und seitlicher mechanischer Stützen, um einer mit Flüssigkeit gefüllten Blase eine solche Gestalt zu geben. Ein Aufhängungsapparat ist hier nicht vorhanden, denn Urachus und Peritonäum gehen schon 1 Zoll hoch oberhalb der Symphyse an die Bauchdecken über, ein Niveau, über welches die Blase schon bei mässiger Anfüllung steigt. Es fragt sich also, ob die übrigen Organe oder Festtheile eine Gestaltveränderung in der besagten Weise bedingen können. Dies ist nicht der Fall. Ein Blick auf die beiden ersten Tafeln zeigt, dass die Blase freien Spielraum von vorn nach hinten hat, gegen den Mastdarm und gegen die Bauchwandungen zu. Dass der Spielraum im horizontalen Querdurchmesser eben so bequem, ja noch bequemer ist, geht aus der bekannten. querovalen Form des Beckens und dem Fehlen seitlich liegender Hindernisse hervor. Auch die Anheftung des Bauchfells wird eher dazu beitragen, der ausgedehnten Blase eine von oben nach unten abgeplattete Gestalt zu geben, als eine zugespitzte. Der obere und eine fast gleiche Partie des vorderen und hinteren Theiles ist von Bauchfell überzogen, welches sich vorn 1 Zoll über der Symphyse an die Bauchdecken und hinten fast in gleicher Höhe an den Mastdarm anheftet. Kann man nun auch nicht voraussetzen, dass diese Membran einer gewöhnlichen mässigen Ausdehnung irgend ein merkbares Hinderniss in den Weg legt, so wird sie doch bei übermässiger Ausdehnung gespannt werden und vermöge ihrer Anheftungspunkte einen Druck von oben nach unten auf die Blase ausüben, der zur verticalen Abplattung beiträgt. Endlich hat die Blase noch von oben her den Druck der dünnen Eingeweide, welche aus dem Wege gedrängt werden müssen, zu tragen.

Man hat sich also beim männlichen Individuum und bei aufrechter Stellung die nicht übermässig angefüllte Blase als ein abgeplattetes Sphäroid vorzustellen, dessen grösste Durchmesser 1) von rechts nach links in dem freien Raume der Beckenhöhle, 2) von vorn nach hinten zwischen der hinteren Wand der Bauchdecken und der, der Aushöhlung des Kreuzbeins entsprechenden Mastdarmkrümmung liegen, — dessen kürzester Durchmesser aber der verticale ist, *a*) vermöge der Schwere der Flüssigkeit, *b*) vermöge der Anheftung des Bauchfells, *c*) vermöge des Druckes, den die überliegenden Eingeweide ausüben.

Die Gestalt der weiblichen Blase erleidet nur insofern eine Abänderung, als der grade horizontale Durchmesser von vorn nach hinten durch den Uterus beeinträchtigt wird, der an der hinteren Wand schon bei mässiger Ausdehnung der Blase eine Einstülpung verursacht.

Dass bei verschiedener Ausdehnung der Organe und bei verschiedener Körperlage die Gestalt der ausgedehnten Blase eine verschiedene sein muss, versteht sich von selbst. Man wird sich aber in alle diese Verschiedenheiten leicht hineindenken können, wenn man sie nach den aufgestellten Principien, also nach der Wirkung der Schwere der enthaltenen Flüssigkeit und nach der mechanischen Begrenzung durch die umgebenden Theile, beurtheilt.

Die Schleimhaut der Blase zeigt sich bei mässiger Ausdehnung überall ziemlich glatt anliegend, ohne beträchtliche Falten. Im sehr ausgedehnten Zustande sieht man zwar keine Falten, aber schwache maschenartige Ausbuchtungen, da wo sich die Schleimhaut zwischen den gitterförmig auseinander tretenden Muskelbündeln hervordrängt. Bei entleertem Zustande zeigt die Schleimhaut eine beträchtliche Faltung, besonders gegen den Urachus und gegen das Orificium hin, denn nach diesen beiden Punkten ist die Blase alsdann am meisten spitz zusammengezogen. Ausserdem bemerkt man wohl jederseits eine ganz schwache Leiste an der unteren Wand, in einiger Entfernung hinter der Blasenöffnung, welche von dem Ureter herrührt, und eine ganz schwache Einbuchtung, hervorgebracht durch die darunter liegende *vesicula seminalis.*

Betrachtet man die Blase in mässig ausgedehntem Zustande, so begreift man nicht, wie die Anatomen so lange an der Bezeichnung eines Blasenhalses haben festhalten können. Man sieht alsdann auf dem ziemlich gleichmässig gewölbten Blasengrunde das *orificium vesicae* als eine kleine, nach vorn gewölbte, fast halbmondförmige Spalte. Ist bei stärkerer Injection der Blase auch Masse in diesen Ausgang getreten, so zeigt sich derselbe, so wie der entsprechende Abguss, als ein kleiner Kegel von nicht ganz 3 Linien in den verschiedenen Dimensionen. Tab. III. Fig. III. c. d. e. Dies wird man schwerlich als Blasenhals bezeichnen wollen, besonders wenn man bedenkt, dass diese conische Erweiterung des *orificii vesicae* erst die Folge des Druckes der Flüssigkeit ist. Etwas anderes aber, was als Blasenhals bezeichnet werden könnte, findet sich bei ausgedehnter Blase nirgends.

Im stark contrahirten Zustande spitzt sich zwar die Blase gegen das Orificium zu, aber auch da hat die Benennung Blasenhals keinen Werth, da man nicht anzugeben weiss, wo dieser Hals sich vom Körper scheiden soll. Es ist mit diesem Namen gegangen, wie mit manchen andern. Galen, Jacob Sylvius, Vesal u. a. bezeichnen mit *collum vesicae* die *pars prostatica* und *membranacea* der Harnröhre bis zur Einsenkungsstelle in den *bulbus urethrae.* Beim Weibe bezeichnet Galen (*de vulvae dissectione*) die ganze Harnröhre mit *cervix vesicae.* Als *sphincter vesicae* bezeichnen diese älteren Schriftsteller die Muskelschichten um die *pars membranacea.* Als man später die Harnröhrentheile von der Blase sonderte, und den jetzt speciell so genannten *sphincter,* den unwillkürlichen nämlich, unterschied, behielt man den für die Harnröhre allenfalls passenden Namen *collum* auf ganz unpassende Weise aus scholastischem Respecte für eine Gegend bei, welche niemals damit bezeichnet war und nicht füglich damit bezeichnet werden konnte, für den Blasenkörper nämlich in

2 *

grösserer oder geringerer Entfernung um das *orificium vesicae* herum. Man sollte doch endlich solche Namen fallen lassen! Oder ist vielleicht den Chirurgen damit gedient, wenn sie sich darüber streiten können, ob man beim Steinschnitte nur den Blasenhals einschneiden dürfe oder auch den Blasengrund? Keiner weiss ja anzugeben, wo Blasenhals und Blasengrund sich scheiden. Solche Differenzen heben sich bald, wenn man bei topographischen Bezeichnungen die Oertlichkeit nach Zoll und Linie in Bezug auf feststehende Punkte angeben muss, statt sich durch unbestimmte und nichtssagende Benennungen zu helfen.

Auch in der Nomenclatur für die einzelnen Regionen der Blase wären manche Verbesserungen wünschenswerth, da bei ihr weder der mässig ausgedehnte, also doch wohl der gewöhnlichste Zustand der Blase, noch auch die richtige Beckenstellung gehörig in Betracht gezogen ist. Abgesehen von der Verwechslung zwischen *vertex* und *fundus* *), welche sich bei den Schriftstellern findet, wird *fundus* gewöhnlich für einen Theil der Blase gebraucht, welcher diese Bezeichnung in keiner Weise verdient. *Fundus* ist für die meisten Anatomen der Theil der hinteren Blasenwand, welcher zwischen dem ideellen *collum vesicae* und der hinteren Zone des Blasenkörpers liegt. Bei aufrechter Stellung ist dies aber niemals der Boden oder Grund der Blase, wenn man als solchen die tiefste Stelle bezeichnet, es sei denn, dass diese Partie durch krankhafte Vorgänge unmässig erweitert und auf Kosten des Mastdarms oder der Scheide ausgedehnt wäre. Der eigentliche Boden der Blase ist die Umgebung des *orificii vesicae* selbst, wie ein Blick auf die Tafeln lehrt. Bei sehr starker Anfüllung wird zwar der, gewöhnlich als *fundus* bezeichnete Theil ein wenig gesenkter gefunden werden, als die Mittelpartie, welche durch die Prostata eine Stütze erhält, aber bei denselben Verhältnissen ist dann ein Theil der vorderen unteren Blasenwand, wie wir später noch genauer sehen werden, noch tiefer gelagert, als der s. g. *fundus* und würde somit mit grösserem Rechte auf den Namen Anspruch machen. Bei mässiger Ausdehnung ist aber das Orificium selbst der tiefst gelegene Theil. Ségalas hat sich schon bemüht, die Nomenclatur in dieser Beziehung zu bessern. Er nennt den *vertex: sommet ou fond*; die untere Blasenpartie dagegen *base* und unterscheidet daran *col* und *bas-fond*. Die letzte Bezeichnung wäre schon recht gut, wenn sie nur nicht so rein französisch wäre, dass wir sie gar nicht zu übersetzen wissen. Vordergrund und Hintergrund giebt diesen Regionen doch einen zu malerischen Anstrich, besonders da das Orificium den Mittelgrund bildet. Da es sich aber nur um genaue topographische Angaben handelt, so wäre hier am besten dadurch auszuweichen, dass man folgendermassen eintheilte: 1) obere, 2) untere Blasenhälfte. Die obere gilt, so weit das Bauchfell die Blase überzieht. Die untere Hälfte ist die bauchfellfreie. Vier Linien, in den beiden schrägen Beckendurchmessern vom Orificium zum Vertex verlaufend, bilden mit diesem Aequator 8 Segmente, die nach ihrer Lage bezeichnet werden, als: obere vordere, seitliche, hintere, und: untere vordere, seitliche und hintere. Bei dieser Eintheilung würde das untere hintere Segment den grössten Theil desjenigen umfassen, was man jetzt als Fundus bezeichnet. Auf die vorgeschlagene Eintheilung der Blase würde auch die Gestaltveränderung der Blase bei Anfüllung und Leerheit am wenigsten inconvenient einwirken, da die Wandungen sich ziemlich gleichmässig ausdehnen und zusammenziehen.

Für den Chirurgen ist es von Wichtigkeit, sich die Lage der Blase bei jeder Körperlage richtig vorzustellen, da das richtige manuelle Verfahren in vielen Fällen von dieser Anschauung abhängt. Man denke nur an das Capitel von den Steinen. Es ist die allgemeine

---

*) Wo *fundus* als *vertex* gilt, z. B. Meckel.

Annahme, dass die Steine gewöhnlich im s. g. Fundus der Blase lägen, woselbst sie eine Aussackung zu bilden pflegten. Nimmt man nun den gewöhnlichsten Fall, wo die Steine in der Blase beweglich sind, wo sie eine nur mässige Grösse haben, und denkt an die höchst verschiedenen Stellungen, welche die Blase bei verschiedener Körperlage annimmt, so muss eine solche Angabe wirklich sonderbar erscheinen. Statt des ganz einfachen Grundsatzes: Der Stein ist in der Regel an der tiefstgelegenen Stelle der Blase zu suchen, macht man sich ein theoretisches Schema, ohne die anatomischen und rein physikalischen Verhältnisse vor Augen zu haben. Weil man den Kranken fast immer (und zwar nicht ganz zweckmässig) in der Rückenlage untersucht, findet man den Stein gewöhnlich im s. g. Fundus. Würde man ebenso oft in der Knieellenbogenlage untersuchen, so würde man sagen, die Steine pflegen an der vorderen Blasenwand zu liegen. In aufrechter Stellung der Stein regelmässig die Lage auf oder nahe bei dem *Orificio vesicae*, als dem tiefstgelegenen Punkte, haben. Daraus erklärt sich auch die Schwierigkeit für die Steinkranken, den Urin in aufrechter Stellung zu lassen, — die plötzliche Unterbrechung des Strahls u. s. w. Dies kann auch bei andern Körperlagen stattfinden, wenn der Stein durch den Strom der Flüssigkeit dahingeführt wird; aber meistens tritt es dann erst später im Laufe des Urinirens ein, wenn die Blase schon mehr entleert ist und der Stein durch die Zusammenziehung der Blasenwände gegen das Orificium gedrängt wird. Hiermit soll nicht geläugnet werden, dass die Steine oft in einer Aussackung des s. g. Fundus der Blase liegen; es ist dies ein Factum, aber eine secundäre Erscheinung, welche sich aus anatomischen und physikalischen Verhältnissen leicht erklärt. Den Steinkranken wird bald das Gehen und Stehen schmerzhaft, stärkere Bewegung unerträglich. Sie bringen den grössten Theil ihrer Zeit in sitzender oder liegender Stellung zu, und in beiden Lagen ist das hintere untere Segment (der Fundus) die Stelle, nach welcher der Stein vermöge seiner Schwere hinfällt. Theils die Schwere des Steins, theils die öftere *retentio urinae* bilden nun hier eine Aussackung, welche, wenn sie tief genug geworden ist, den Stein auch bei andern Körperstellungen zurückhalten kann. Als gewöhnliches Verhältniss kann man dies aber nicht betrachten.

Die einfache Regel, den Stein immer an der tiefsten Stelle der Blase zu suchen, wird, wenn man die Lage der Theile bei der jedesmaligen Körperlage genau vor Augen hat, das Sondiren sehr erleichtern. Wie wenig rationell das Aufsuchen des Steines bei der Rückenlage mit stark gekrümmten Sonden ist, leuchtet bei einem Blicke auf Tab. I. ein. Dass die Engländer, welche am meisten mit den Blasensteinen zu verkehren haben, mit der stark gekrümmten Sonde doch so gute Resultate erzielt haben, macht ihrer manuellen Fertigkeit alle Ehre. Aber gerade bei ihnen findet man auch die praktischen Regeln, den Kranken in verschiedenen Körperlagen zu untersuchen, am meisten befolgt. In weniger geübter Hand quält die krumme Sonde oft den Kranken entsetzlich, ohne mit dem Stein in Berührung zu kommen, und ich bin mehr als einmal Zeuge des naiven Bestrebens gewesen, den Stein aufzufinden, während die Spitze der Sonde hinter den Bauchdecken fühlbar war. Betrachtet man die Stellung der Harnröhre zur Harnblase in Tab. I. und denkt sich die Sonde als Verlängerung dieser Richtung in die Blase hinein, so ergiebt sich, dass das hintere Blasensegment der Untersuchung gänzlich entgeht und dass selbst dann, wenn man den convexen Theil der Sonde möglichst nach hinten drängt, bei der gewöhnlichen Rückenlage doch noch ein Segment übrig bleibt, gross genug, einen mässigen Stein zu beherbergen und der Untersuchung zu entziehen. Ein Hinundherwenden der Sondenspitze wird hier gleichfalls den Zweck verfehlen, denn die Convexität der Sonde würde, um den Zweck zu erreichen, gegen die Schambeinverbindung, also der Harnröhrenkrümmung total entgegengesetzt, gedreht werden müssen, eine Stellung, welche jede Manipulation unmöglich machen muss. Es ist somit ersichtlich, dass man mit geraden, nur an der Spitze gebogenen Sonden den Zweck viel leichter erreichen kann, aber es giebt für die gewöhnlichen Fälle, wo der Stein beweglich ist, ein viel einfacheres Mittel, den Kranken so zu lagern, dass der Stein der Sonde entgegenkommt. Ein Paar Kissen, unter den Steiss des Kranken gelegt, bringen den Stein gegen die obere Blasenwand und machen ihn leicht erreichbar. Noch sicherer kommt er der Sonde entgegen, wenn man ihn durch die Knieellenbogenlage an die vordere Blasenwand gleiten lässt. Auch bei aufrechter Stellung muss er der Sonde leicht begegnen, aber man wird dann nur mit dem Instrument an ihm hergleiten, da er leicht ausweichen kann und zu einem prüfenden Betasten keinen Widerstand leistet.

Alles dies ist hinreichend bekannt, aber in *praxi* nicht hinreichend beachtet, was wohl daher kommt, dass eine durchsichtige Anschauung der Theile nicht allgemein genug verbreitet ist. Ueber die praktischen Regeln, den Stein zu finden, geben die Werke über Steinzertrümmerung vortreffliche Anweisung, die man auch beim blossen Sondiren mehr vor Augen behalten sollte. Es ist eine Sünde gegen die rationelle Chirurgie, die kranke Blase durch wiederholte Untersuchungen zu insultiren, wenn man durch zweckmässige Lagerung des Kranken den ersten Versuch fruchtbar machen kann.

Der Lauf der Muskelfasern an der Blase ist im Allgemeinen hinreichend bekannt. Nur finde ich die Anordnung derselben in der Nähe des Orificium nirgends so beschrieben, wie man dies bei wohlgelungenen Durchschnitten sieht. Dass die kreisförmig und schräg laufenden Fasern sich hier zu einer compacteren Masse zirkelförmiger Fasern, welche das Orificium umkreisen, dem eigentlichen *sphincter vesicae*, concentriren, ist bekannt. Die Ausdehnung dieses Sphinkter ist auf den beiden ersten Tafeln i. i. i. i zu sehen. Seine Masse ist am stärksten an der Uebergangsstelle der Harnblase in die Harnröhre. Letztere begleitet er nicht weit. In der Wand der Harnblase lässt er sich, zunächst der Schleimhaut, weiter verfolgen, indem man das Stratum an der Lagerung der quer durchschnittenen Muskelbündel erkennt. Seine Ausbreitung, etwas beträchtlicher an der hinteren als an der vorderen Wand, beträgt 6—9 Linien im Umkreis der Oeffnung, von wo er dann allmälig in die schräg laufenden Fasern übergeht. Die mehr an der Aussenfläche der Blase verlaufenden Muskelbündel, welche im Allgemeinen mehr die Richtung vom Scheitel gegen das Orificium haben (der sog. *detrusor*), zeigen sich an der vorderen und hinteren Blasenwand, indem sie dem Orificium näher rücken, auf dem Durchschnitt als deutliche Schichten longitudinaler Fasern, die immer deutlicher und stärker entwickelt hervortreten und sich schliesslich, pinselförmig ausgebreitet, grösstentheils zwischen die Fasern des Sphinkter verlieren. Tab. I. k. Nur auf der vorderen Seite gehen Theile dieser Schicht an das *ligamentum puboprostaticum medium* und auf die vordere Fläche der Prostata über, um sich zwischen den Fasern des *m. urethralis transversus* zu verlieren. Davon später. Aus dem Gesagten geht hervor, dass ein grosser Theil der longitudinalen Fasern seine Anheftungspunkte an den Zirkelfasern im Umfange des *orificii vesicae*, mit andern Worten, dass der *detrusor urinae* seine festen Insertionspunkte am Sphinkter hat. Diese mechanische Anordnung macht den Detrusor zum Antagonisten des Sphinkter, indem er ihn bei kräftiger Contraction öffnet, wie man die Schnirre eines Beutels mit den Fingern aufzieht. Es könnte hier der Einwand gemacht werden, dass alsdann der Detrusor stärker sein müsste als der Sphinkter. Dies ist nicht absolut, sondern nur relativ nöthig. Bei wenig gefüllter Blase wird der Sphinkter überwiegend wirken, weil dann die Fasern des

Detrusor noch nicht die Spannung haben, die ihnen nachher mechanisch durch die Ausdehnung vermöge des Inhaltes gegeben wird, und zweitens die Richtung ihrer Angriffspunkte noch zu ungünstig, unter spitzem Winkel, gegen den Sphinkter liegt. Bei stärkerer Anfüllung bekommen diese Fasern erst eine festere Unterlage, werden mechanisch gespannt und gelangen immer mehr in rechtwinklige Lage gegen den Sphinkter, wodurch, nach mechanischen Gesetzen, ihre Wirksamkeit Schritt für Schritt zunimmt. Jetzt kommt ein Zeitpunkt, wo die Wirkungsgrösse des Detrusor der des Sphinkter gleich ist. Während vorher der Organismus in gänzlicher Unkenntniss darüber war, ob die Blase Urin enthielt, oder nicht, wird jetzt das Bedürfniss der Entleerung fühlbar. So wie nun der Detrusor die Wirksamkeit des Sphinkter überwiegt, müssen, wenn nicht der Urinabgang erfolgen soll, Hülfstruppen herbeigezogen werden und der *sphincter urethrae*, über den ich später sprechen werde, versieht nun den Dienst. Es möchte nicht leicht Jemandem unbekannt geblieben sein, wie wichtig es oft bei unseren socialen Zuständen ist, dass dem armen *sphincter vesicae* durch willkührliche Muskeln zu Hülfe gekommen werden kann, und wie dennoch der hartnäckige Detrusor auch diesen treuen Bundesgenossen das Leben sauer macht. Es möchte wohl nicht zu bezweifeln sein, dass bei hohem Grade der Anfüllung der Blase die willkührlichen Muskeln allein noch den Verschluss halten, was wohl aus dem momentanen Erfolge hervorgeht, welcher bei der Aufhebung dieses Willenseinflusses eintritt.

Ich sagte oben, dass wir von der Anfüllung der Blase erst eine Empfindung bekommen, wenn sie eine ziemliche Ausdehnung erreicht hat. Dies wird, unter gewöhnlichen Verhältnissen, gewiss allgemeine Bestätigung finden. Die Nieren scheiden beständig ab. Die Mahnung zum Uriniren kommt in grösseren oder geringeren Zwischenräumen. Daraus wagte ich den Schluss, dass die Kenntniss der Anfüllung uns erst alsdann käme, wenn die willkührlichen Schliessmuskeln, welche die Harnröhre umgeben, genöthigt sind, in Thätigkeit zu treten, weil der unwillkührliche Sphinkter nicht mehr dicht hält. Dass ich dabei dem Detrusor eine antagonistische Wirkung im Verhältnisse gegen den Sphinkter zuschrieb, geschah nicht ohne Grund. Man könnte zwar geneigt sein anzunehmen, der Urin selbst müsste schon nach mechanischen Gesetzen den Sphinkter ausdehnen und ausströmen können, aber dem ist nicht so. Wir müssen, um hierüber urtheilen zu können, das *orificium vesicae* und die Basis der Blase im gefüllten Zustande näher betrachten. Oeffnet man eine mässig gefüllte Blase von oben her und betrachtet das Orificium, so erscheint dasselbe als eine schmale halbmondförmige Spalte. Die Schleimhaut der Blase, im Allgemeinen dünn und zart, ist in der nächsten Umgebung der Blasenöffnung dicker und derber und ragt beträchtlich über die Muskelhaut hervor. Tab. I. h. h. Dadurch ist sie geeignet, zum besseren Verschlusse der Blase beizutragen. Dieser Verschluss wird noch durch die sattelförmige Gestalt der Oeffnung erleichtert. Dieselbe ist nicht kreisförmig, sondern die hintere Wand erhebt sich in einem Wulste nach vorn, in das Lumen der Apertur hineinragend, und die vordere und seitliche Wand legt sich zweischenklig oder schwach gebogen an diesen Wulst an. Die genannte Prominenz, Lieutauds *luette vesicale*, beginnt schon 8—9 Linien hinter dem *orificium vesicae* als sog. *trigonum vesicale*. Den hinteren Rand dieses Dreiecks bilden die Muskelfasern, welche von dem einen Ureter zum andern hinüberziehen und einen muskulösen Wulst bilden, den man bei nicht ausgedehnter Blase leicht präpariren kann. An diese querlaufenden Muskelbündel schliesst sich nach vorn der *sphincter vesicae* mit gleichfalls querlaufenden Fasern an. Die darüber schon verdickte Schleimhaut wird durch die Wirkung der querlaufenden Muskelfasern noch mehr wallartig emporgeschoben und bildet so das Zäpfchen, welches für den genauen

Verschluss von grosser Wichtigkeit ist und auch noch in der Harnröhre bis zum *colliculus seminalis* als schwache Falte fortläuft.

Indem wir nun die Frage erörtern, ob der Druck der in der Blase enthaltenen Flüssigkeit allein hinreichend sei, das Orificium zu öffnen, müssen wir zunächst im Auge behalten, dass von keiner trichterförmigen Zuspitzung der Blase nach dem Orificium zu, im Sinne des supponirten Blasenhalses, die Rede sein kann. Die spaltenförmige Oeffnung befindet sich in der Mitte einer schwach concaven Fläche. Der Druck, welcher von der Flüssigkeit auf die Ränder der Spalte ausgeübt wird, ist höchst gering, da die Druckfläche nur sehr gering ist. Es gehört somit an und für sich eine höchst geringe Kraft dazu, der Eröffnung der Spalte Widerstand zu leisten. Es liegen aber auch noch Verhältnisse vor, die es sehr wahrscheinlich machen, dass der Druck der in der Blase enthaltenen Flüssigkeit eher gegen, als für die Eröffnung des *orifici. vesicae* wirkt.

Da der Druck einer Flüssigkeit sich nach allen Richtungen hin gleichmässig verbreitet, der Effect des Druckes aber von dem Widerstande abhängt, den die umgebenden Theile darbieten, so ist anzunehmen, dass in der Blase, wenn sie mit Urin gefüllt ist, das vordere und hintere Segment durch den Druck mehr leidet, als die Mitte der Basis, welche durch die derbe Prostata gestützt wird. Senkt sich dadurch der vordere und hintere Theil, oder nur einer von beiden, tiefer, als das *orificium vesicae*, so wird durch die Vertheilung des Druckes eine Wirkung ausgeübt, die zur Verschliessung der Oeffnung beitragen muss. In dieser Ansicht kann man nur bestärkt werden, wenn man bei allen Versuchen, wo die Blase von den Ureteren oder dem Scheitel aus injicirt wird, sieht, dass kein Tropfen Flüssigkeit oder Masse aus der Harnröhre ausfliesst. Wäre es die mechanische Wirkung der Flüssigkeit, die den Sphinkter öffnete, so könnte dieser Erfolg nicht fehlen. Ich bin der Meinung, dass keine Eröffnung des Schliessmuskels erfolgt, weil der Detrusor dabei nicht in Wirksamkeit gesetzt werden kann, da die todten Muskelfasern nicht die Spannung erlangen, um die Schnirre aufzuziehen.

Ich habe einige Versuche gemacht, um die Ursachen zu ermitteln, welche es möglich machen, dass eine *retentio urinae*, ohne mechanisches Hinderniss in der Harnröhre oder der Blasenöffnung, existiren und eine enorme Ausdehnung der Blase herbeiführen kann. Ich hatte die Fälle im Auge, wo sich Urinverhaltung ausbildet und beständig steigert, ohne dass der Katheter die geringste Schwierigkeit beim Eindringen findet. Man pflegt sich da mit dem Namen einer paralytischen Harnverhaltung zu helfen und mangelnde Contraction der Blase als Ursache anzuführen. Ganz gut. Aber sonst haben wir doch die Fähigkeit, durch Hülfe des Zwerchfelles und der Bauchmuskeln den Urin auszutreiben und den Strom desselben zu verstärken. Wie viel mehr müsste dies gelingen, wenn die Blase den halben Bauch einnimmt. Mein Schluss war deshalb, es müsse dabei ein mechanisches Hinderniss obwalten.

Es wurde in verschiedenen Leichen die Blase von den Ureteren aus injicirt, zuweilen stärker, zuweilen schwächer. Alle Versuche gaben ein gleiches Resultat. Ich gebe hier als Beispiel einen Versuch, wo durch die Ureteren 1 Pfund Masse (Cacaobutter) in die Blase eingespritzt wurde. Aus der Harnröhre floss nichts aus. Das Becken wurde bis zum Erkalten der Masse in die normale Stellung gebracht und nachher der Abguss, nachdem einige Bestimmungspunkte für seine Lage im Becken, besonders die Linie A B (Tab. III. Fig. III) als die Beckenneigung, darauf marquirt waren, herausgenommen. Die oben bezeichnete Figur giebt eine genaue Darstellung des Längendurchschnittes dieses Abgusses der Blase in seiner richtigen Beckenstellung.

Es zeigt sich, dass der vordere Theil der Basis der Blase sich hierbei in den Raum zwischen der *symphysis ossium pubis* und Blasenausgang einsenkt, so dass er auf dem *ligamentum puboprostaticum medium* und der vorderen oberen Wand der Prostata ruht, gegen die *pars prostatica urethrae* also einen nach hinten gerichteten Druck ausübt. — Dass dieser Druck der Urinentleerung hinderlich werden kann, geht aus folgender Betrachtung hervor.

Das *orificium vesicae* hatte bei dieser ziemlich starken Ausdehnung der Blase etwas Masse aufgenommen und eine conische Erweiterung erfahren, die wir in c. d. e. dargestellt sehen. Das Mass für die Kraft, welche zur Eröffnung der Harnröhre wirkt, wird ausgedrückt durch den Druck, welchen die Oberfläche dieses Trichters zu tragen hat. Die Dimensionen waren folgende. c d $= 2^3/_5\,'''$, c e $= 2^3/_5\,'''$, d e $= 3\,'''$. Das Mass des Gegendruckes wird gegeben durch das Stück a b der eingesenkten Blasenwand, welches $7^1/_3\,'''$ lang ist, und als Zone von der Breite des Trichters $= 2^3/_5\,'''$, ohne erheblichen Fehler aber als gerade Fläche berechnet werden kann.

Nennen wir

$$cd = m = 2^3/_5\,'''$$
$$ce = n = 2^3/_5\,'''$$
$$ed = o = 3\,'''$$
$$ab = u = 7^1/_3 \text{ und bezeichnen}$$

den Druck mit p und p',

so sind die beiden zu vergleichenden Grössen

1. $(u \times m)$ p der Druck der Blase gegen die Vorderwand der Harnröhre.

2. $\left(m\pi \times \dfrac{n+o}{4}\right)$ p' der Druck zur Oeffnung der Harnröhre.

$$1. \quad \left(\frac{22}{3} \times \frac{13}{5}\right) p = \frac{286}{15}\, p.$$

$$2. \quad \left(\frac{13}{5} \times 3.\ 14\right) \frac{\left(\dfrac{13}{5} + \dfrac{15}{5}\right) p'}{4}$$

$$\left(\frac{40.\ 82}{5}\right) \left(\frac{7}{5}\right) p'$$
$$\frac{285.\ 74\ p'}{25.}$$

Da die Zähler von p und p' 286 und 285. 74 bis auf ein ganz Geringes übereinstimmen, so verhalten sich p und p' umgekehrt wie ihre Nenner, also wie 5 : 3. Mit anderen Worten: der Druck, welcher auf die trichterförmig ausgedehnte Blasenöffnung fällt und zur Erweiterung der Harnröhre dienen könnte, ist nur $^3/_5$ des Druckes, welcher die abwärts gesunkene Blasenpartie gegen die vordere Wand der *pars prostatica urethrae* drängt.

Damit ist nun allerdings noch nicht gesagt, dass schon unter diesen Umständen eine natürliche Entleerung unmöglich werden könnte oder müsste, denn erstens kann der Detrusor dem Drucke p' zu Hülfe kommen und, wie oben gesagt wurde, die Blasenöffnung erweitern, also eine grössere Druckoberfläche bilden; zweitens ist der Druck nur an der vorderen Wand und deshalb ein Zurückweichen der hinteren Harnröhrenwand auf einen gewissen Grad möglich. Aber ein Pfund bedingt auch noch keine sehr übermässige Ausdehnung, und wenn die Harnverhaltung erst eine noch grössere Anfüllung herbeigeführt hat, der Druck also immer wächst, so wird der mechanische Einfluss alle anderen Hülfen unwirksam und eine natürliche Entleerung unmöglich machen. Die Möglichkeit des Zurückweichens hat eine durch die rückwärts gelegenen Theile und die vordere Anheftung der Prostata gegebene Grenze. Die Hülfe durch den *detrusor urinae* nimmt bei zunehmender Ausdehnung der Blase ab, da die Muskelfasern ausser Thätigkeit gesetzt werden. Bei wachsendem Druck dagegen wird die Differenz von p und p' immer grösser.

3

Die Wichtigkeit dieser Thatsachen bei der Erklärung gewisser Arten von Harnverhaltung leuchtet von selbst ein.

Was wir bis jetzt von der Blase bei aufrechter Stellung des Körpers gesagt haben, gilt bedingungsweise auch bei jeder andern Lage. Nur müssen wir, um darin klar zu sehen, die verschiedenen Momente, welche den Druck hervorbringen, trennen, nämlich den Druck, welchen die Schwere der Flüssigkeit ausübt, und den Druck, welcher durch die Blasenwand und durch die Baucheingeweide ausgeübt wird. Der letztere Druck vertheilt sich über die ganze Flüssigkeit gleichmässig, bleibt also in jeder Körperlage auf jeder Stelle der Blasenwand (natürlich für gleichgrosse Flächen) gleich. Der Druck, welchen die Flüssigkeit durch ihre Schwere ausübt, ist dagegen immer am stärksten in den jedesmal niedrigst gelegenen Theilen der Blase. Wir haben oben schon gesehen, dass sich die Gestalt der Blase nothwendig nach diesem Momente richten muss, und es ist daraus leicht erklärlich, dass man den Theil des Druckes, der allein von der Schwere der Flüssigkeit herrührt, durch veränderte Körperstellung von der Fläche ab entfernen kann. In der Knieellenbogenlage oder bei erhöhtem Steisse wird deshalb das Uriniren leichter erfolgen, als in aufrechter oder sitzender Stellung, wenn die Schwierigkeit durch die Schwere der enthaltenen Flüssigkeit mit herbeigeführt war. Dass dies Moment eine wesentliche Beachtung verdient, ist leicht einzusehen, wenn man bedenkt, welche Druckhöhe der Flüssigkeit wirkt, wenn die Blase z. B. bis zum Nabel hinauf ausgedehnt ist.

In Bezug auf die Wirkung der Blasenmuskeln möchte ich folgende Sätze vertheidigen:

1) Die Harnentleerung geschieht durch den *detrusor urinae*. Er ist dabei in doppelter Weise wirksam, einmal durch den einfachen Druck auf den Inhalt, ferner aber auch besonders durch Oeffnung des *sphincter vesicae*.

Dass durch die Bauchmuskeln wesentlich auf die Entleerung des Harns mitgewirkt werden kann, ist klar und jeden Augenblick zu erproben. Im Obigen soll nur gesagt sein, dass diese Hülfe nicht nothwendig ist.*) Dagegen lässt sich beweisen, dass der Druck der Bauchmuskeln u. s. w. allein nicht hinreicht, die Urinentleerung zu bewirken, da bei Blasenparalyse, bei Verletzung des unteren Theiles des Rückenmarks u. s. w. die Harnentleerung unmöglich wird. Die Wirkung des Detrusor ist also nothwendig. Wenn man nun beweisen könnte, dass der Druck, welcher durch die Contraction der Bauchmuskeln auf die Blase ausgeübt werden kann, nicht geringer ist, als die Wirkung der Contraction des Detrusor, so ginge daraus der Beweis hervor, dass die Wirkung des Detrusor zur Eröffnung des Sphinkter das wesentlichste Moment seiner Wirkung sei. Ein solcher Beweis lässt sich annähernd führen. Vergleicht man die Entfernung, bis zu welcher der Urinstrahl durch die blosse Contraction der Blase getrieben wird, mit derjenigen, bis zu welcher er durch die Contraction der Bauchmuskeln bei starker Inspiration getrieben werden kann, so übersteigt die letztere Grösse die erstere um das Doppelte. — Ich weiss nicht, in wie weit ich diesen subjectiven Erfahrungen eine allgemeine Beweiskraft beilegen darf. Für mich geht daraus hervor: Bei der Lähmung des Detrusor ist kein Uriniren möglich; an Druck fehlts nicht, denn die Bauchmuskeln können eben so viel leisten, als der Detrusor unter gewöhnlichen Umständen leistet. Also gehört die zweite Wirkung des Detrusor, den Sphinkter zu öffnen, zu den wesentlichsten Bedingungen der Harnentleerung.

2) Die Blasenanfüllung, wenn sie einen gewissen Grad erreicht hat, bedingt unter gewöhnlichen Verhältnissen die beginnende Wirkung des Detrusor. Das Bedürfniss der Harn-

---

*) Ségalas, *rétentions* etc., behauptete das Gegentheil.

entleerung tritt ein, wenn der Detrusor den Sphinkter öffnet und der Urin in das Orificium der Blase eintritt.

Dieser Satz ist oben schon erörtert; ich möchte nur einige Einwendungen, welche sich dagegen zu erheben scheinen, besprechen. Wir können den Urin entleeren, bevor die Anfüllung der Blase das Bedürfniss fühlbar macht. Wenn man sich in Situationen begeben soll, wo die Umstände eine längere *retentio urinae* nöthig machen, so fühlt man sich wohl versucht zu erfahren, ob die Blase noch eine gehörige Capacität hat. Dies geschieht durch Inspiration und Contraction der Bauchmuskeln. Ist die Blase dann ziemlich gefüllt, so macht sich die Fähigkeit, sie zu entleeren, fühlbar. Diese Erfahrung hat Veranlassung zu der Meinung gegeben, dass die Contraction des Detrusor nicht durchaus zu den unwillkührlichen Actionen gehöre. Ich erkläre es mir anders. Indem man vermittelst der Bauchmuskeln die Eingeweide von oben gegen den Scheitel der Blase drängt, wird dieselbe abgeplattet, die Fasern des Detrusor kommen an ihrer Insertionsstelle am Sphinkter in eine mehr rechtwinklige Lage und vermögen dadurch ihre antagonistische Wirkung zu entfalten.

Uebrigens bezieht sich das Gesagte nur auf die physiologischen Vorgänge im Normalzustande. Ich leugne nicht, dass bei krankhaften Zuständen, z. B. sehr concentrirtem Harn oder fremden Körpern in der Blase, sich das Bedürfniss des Harnens sehr häufig einstellen kann, ohne dass die Blase eine beträchtliche Ausdehnung erreicht hat. Dies beweist aber nur, dass durch krankhafte Reize der Detrusor eine vermehrte Thätigkeit, dem Sphinkter gegenüber, erlangen kann und schon unter Verhältnissen in Contraction tritt, die unter normalen Verhältnissen noch nicht eingetreten sein würde.

HARNRÖHRE.

RICHTUNG.

Von einer constanten Richtung kann natürlich nur bei den Partieen der Harnröhre die Rede sein, welche hinter und unterhalb des unteren Randes der Schambeinfuge liegen. Auch dieser Theil kann seine Richtung und Lage unter verschiedenen Umständen etwas verändern, aber gewöhnlich wird er sich folgendermassen verhalten. Die *pars prostatica*, 10—12''' lang (Tab. I. p. q.) läuft in gebogener Richtung mit ihrer Convexität nach hinten gerichtet abwärts. Die Sehne dieses Bogens macht mit einer Linie zwischen *ligamentum arcuatum inferius* und Steissbeinspitze einen rechten Winkel, mit der Horizontalebene also nahe einen Winkel von 78 Grad. Die Richtung ist also nicht, wie allgemein angegeben wird, von oben und hinten nach unten und vorn, sondern von oben und vorn nach unten und hinten, denn die Axe des Kanals liegt im unteren Theil der *pars prostatica* weiter nach hinten, als eine senkrechte Linie, welche durch die Mitte des Anfangs der *pars prostatica* gezogen wird. Dasselbe geht aus Houston's Zeichnung hervor, wenn man sie in die richtige Beckenstellung bringt, und wenn Ségalas in seiner Beschreibung die *pars prostatica* von oben nach unten und vorn fortschreiten lässt, so widerspricht dem seine Zeichnung, wo die Richtung dieser Partie wenigstens die senkrechte nach vorn nicht überschreitet. Da die Richtung nach hinten nicht beträchtlich ist, so wird man sich wohl der Wahrheit nahe halten, wenn man in Zukunft sagt: die *pars prostatica* steigt in einem nach hinten convexen Bogen senkrecht herab. Daraus

3*

geht dann hervor, dass die obere Hälfte dieses Bogens die Richtung von vorn nach hinten, die untere die Richtung von hinten nach vorn hat.

Diese letztere Richtung wird nun die bleibende in der *pars membranacea* (Tab. I. q.r.), doch so, dass sie der senkrechten Richtung näher bleibt, als der horizontalen. Ueberhaupt besitzt, bei nicht injicirtem *penis*, kein Theil der Harnröhre eine horizontale Richtung. Die am wenigsten nach unten geneigte Richtung kommt unter gewöhnlichen Verhältnissen der *pars spongiosa*, wo sie senkrecht unter dem unteren Rande der Schambeinfuge liegt, zu. (In der Gegend Tab. I. t.) In unserer Zeichnung ist die Richtung der *pars spongiosa* eine ziemlich gestreckte, weil dies Individuum, ein erhenkter Selbstmörder, unter Erection und Ejaculation gestorben war und das Glied sich in einem gefüllten Zustande erhalten hatte.

Was die Richtung der mehr oder weniger constant bleibenden Krümmung des Kanals (von p bis t) betrifft, so nähert sie sich einer Kreislinie, welche dem Radius von 18 Linien P. M. entspricht. Ich habe den Mittelpunkt des Kreises auf dem Durchschnitte der Schambeinverbindung Tab. I. mit v. bezeichnet, und man kann sich durch Aufsetzen des Zirkels leicht von der Richtigkeit überzeugen. Man wird finden, dass nur die oberste Partie der *pars prostatica* von dieser Kreislinie nach vorn abweicht, somit einem kürzeren Radius angehört.

Gewöhnlich wird der Radius der Harnröhrenkrümmung grösser angegeben, als ich ihn gefunden habe. Ich weiss nicht, nach welcher Methode diese Messungen vorgenommen sind. Sicher giebt die Messung an unverschobenen Durchschnitten, wie ich sie vorgenommen habe, die zuverlässigsten Resultate. Ich bemerke noch, dass die übrigen Exemplare im oberen Theile der *pars prostatica* eine noch stärkere Krümmung zeigten, als das zur vorliegenden Zeichnung verwendete. Wollte ich nun auch glauben, dass mir zufällig lauter sehr starke Krümmungen aufgestossen wären, so finde ich doch keine Zeichnung von Beckendurchschnitten, welche eine weniger bogene Richtung der *pars prostatica* und *membranacea* darstellte. Misst man in der Ségalas'schen Zeichnung den Radius, so erhält man nur 10''', bei Houston nur 13 Linien. Bei Velpeau giebt er ungefähr 15''', aber die Theile sind da so verschoben, dass man sich nicht darauf verlassen kann. Jedenfalls glaube ich, dass die Messungen, welche 2—3 Zoll als Radius der Harnröhrenkrümmung im oberen Theile angeben, zu gross ausgefallen sind.

Es hängt diese Frage einigermassen mit derjenigen über die zweckmässigste Biegung der Katheter zusammen, denn wenn es auch durch Erfahrung erwiesen ist, dass man mit fast jedem Instrumente die Harnröhre passiren kann, so ist damit doch nicht die vernünftige Forderung beseitigt, dass man, wenn nicht besondere Zwecke es anders fordern, eine Biegung wählen soll, welche der normalen Harnröhrenkrümmung entspricht. Es handelt sich ja nicht blos darum, hineinzukommen, sondern auch mit möglichster Schonung für die Harnröhre und mit möglichst wenigen Schmerzen für den Kranken seinen Zweck zu erreichen. Ich habe mir deshalb ein Paar Katheter nach folgendem Principe biegen lassen und bei den Versuchen sehr zweckmässig befunden. Vergl. Tab. III. Fig. II. Die ganze Biegung des Katheters liegt innerhalb des Quadranten (B C D E) eines Kreises von 2 Zoll Radius, jedoch so, dass das erste Drittheil der Biegung B C nach einem Radius von 2 Zoll (Radius A B und A C), das zweite, C D, nach einem Radius von 1½ Zoll (Radius a C und a D), das dritte, D E, nach einem Radius von 1 Zoll (Radius b D und b E) gebogen ist. Die drei Centra der Biegung sind A, a und b. Die kleinen Irregularitäten, welche da, wo die drei verschiedenen Kreissegmente zusammenstossen, wenn man die Construction mathematisch genau nach der Angabe macht, entstehen würden, sind natürlich in der Zeichnung, sowie am Instrumente vom Mechanikus, ausgeglichen. In Tab. III. Fig. I ist ein so gebogener Katheter in die Harnröhre eingezeichnet, um zu zeigen, wie die Krümmung der Harnröhrenkrümmung entspricht. Der Vortheil dieser Construction ist, dass die Biegung gegen die Spitze des Instruments hin, also ganz dem Laufe der Harnröhre entsprechend, stärker wird, so dass sich der Schnabel immer vorzugsweise gegen die vordere Wandung der Harnröhre richtet, wo, wie allgemein bekannt ist, die wenigsten Hindernisse entgegentreten, und wo die Harnröhre gerade unter dem *orificium vesicae* die stärkste Biegung macht. Es ist diese Form natürlich nur zum Zwecke des Katheterismus zu empfehlen. Zum Aufsuchen eines Steins würde sie, wie schon oben berührt ist, sehr ungeschickt sein, und da muss man, dem Zwecke zu Gefallen, lieber ein geraderes Instrument mit kurzer Krümmung wählen und der Harnröhre ein wenig Streckung zumuthen.

Ehe ich aber weiter über diesen Punkt rede, muss ich kurz einiges über

die Dimensionsverhältnisse der Harnröhre

vorausschicken.

Was die Länge der Harnröhre betrifft, so ist bekannt genug, dass eine allgemein gültige Längenbestimmung nur für die *pars prostatica* und *membranacea* möglich ist. Die *pars spongiosa* wechselt unter verschiedenen Verhältnissen so sehr, dass eine Differenz von 1—2 Zoll zu den mässigen gehört. Es hat mich immer Wunder genommen, wenn Anatomen oder Chirurgen sich über diese Dimensionen streiten konnten, und ebenso, wenn die Harnröhrenmündung als Ausgangspunkt für Messungen genommen wurde, nach welchen z. B. die Entfernung und Lage von Stricturen bestimmt werden sollten. Zwar wird gewöhnlich hinzugesetzt: bei mässiger Dehnung des Penis; aber es bedarf wohl nicht der Bemerkung, wie sehr dieses Mass mit der Muskelkraft oder mässigen Gesinnung des Operateurs zusammenhängt. Die Angaben, ob die Stricturen häufiger 5 oder 6 Zoll hinter der Harnröhrenmündung gefunden sind, haben diesem zu Folge wenig Werth und geben gar keinen Aufschluss darüber, an welcher Stelle der Harnröhre sie gewesen sein mögen. Da giebt die Neigung des Katheters für den Geübten schon ein viel sichreres Mass, wenn er sich ein und desselben Instrumentes bedient. Dennoch glaube ich, dass der Sitz eines Hindernisses nie so genau ermittelt werden kann, dass nicht Schwankungen von wenigstens ½ Zoll vorkommen.

Ich habe öfter an Leichen Versuche dieser Art gemacht, um die Grösse der Beobachtungsfehler zu ermitteln. Es kommen oft Leichen vor, bei denen die Einführung des Katheters an ein oder anderer Stelle ein beträchtliches Hinderniss erfährt. Am häufigsten findet man dieses Hinderniss in der hinteren Vertiefung der *pars prostatica*, unmittelbar unter dem *orificium vesicae*; zuweilen an einer früheren Stelle. Solche Leichen wurden zu den Versuchen benutzt. Zuerst wurde die Entfernung des Hindernisses von der Harnröhrenöffnung theils von mir, theils von einigen meiner Zuhörer wiederholt gemessen, indem der Katheter eingeführt, die Stelle vor der Harnröhrenmündung mit Daumen und Zeigefinger fixirt und dann an einem Massstabe gemessen wurde. Es kam kein Exemplar vor, wo nicht unter einer Reihe von Beobachtungen sich eine Differenz von ½ bis ¾ Zoll gefunden hätte. Man darf nur kein graduirtes Instrument wählen oder eine sichtbare Marque an dem Instrumente bei der ersten Messung machen, sonst stimmen die späteren Messungen wunderbar mit der ersten überein. Bei allem Wunsche der Unparteilichkeit entgeht man der Selbsttäuschung nicht leicht, wenn die Möglichkeit dazu nur vorhanden ist.

Um zu sehen, ob man auf andere Weise zu weniger schwankenden Resultaten gelangen könnte, wandte ich eine Methode an, bei der man von der variirenden Länge des Penis unabhängig misst. Wenn der Katheter bis zu der zu messenden Stelle eingeführt war, wurde die Länge des herausstehenden Endes vermittelst eines Massstabes gemessen, welcher auf dem hervorragendsten Theil des Schamberges aufgesetzt wurde. Um mit Bestimmtheit zu wissen, dass die Spitze des Katheters immer dieselbe Stelle berührte, öffnete ich die Bauchhöhle und Blase, und führte das Instrument so weit ein, dass dessen Spitze gerade im *orificio vesicae* fühlbar wurde. Dann nahm ich die Messung des herausstehenden Endes vor. Wenn diese Messungen bei demselben Individuum mit demselben Katheter vorgenommen und der Massstab genau auf dieselbe Stelle des Schamberges aufgesetzt wurde, so erhielt ich wohl eine Reihe von Beobachtungen, in denen die Differenz 4 ''' nicht überstieg. Eine grössere Genauigkeit war aber selbst unter diesen Verhältnissen, wo die meisten Fehlerquellen beseitigt waren, nicht zu erreichen. Werden aber bei dieser Methode Katheter von verschiedener Biegung angewendet, so steigen die Differenzen um ein Beträchtliches. Die Fehlergrenzen waren bis zu 6 ''', in einigen Beobachtungen bis zu 9 Linien. Die Ursache dieser Fehler liegt nahe. Während die nach der Harnröhrenbiegung gebogene Sonde die ganze Länge der Curve giebt, streckt die geradere Sonde die Harnröhre, ohne sie in gleichem Verhältnisse zu verlängern. Der geradere Katheter findet die Harnröhre kürzer, das Hinderniss näher, als der mehr gebogene, vorausgesetzt, dass man nicht durch Anwendung von Gewalt die Blase gegen die Beckenhöhle emporgedrängt hat. Dass dies leicht geschieht, davon habe ich mich durch Beobachtungen überzeugt, wo die Stelle, welche der Einführung ein Hinderniss entgegensetzte, von mehreren übereinstimmend entfernter gemessen wurde, als sich nachher, bei geöffneter Bauchhöhle und Einführung des Katheters bis ins *orificium vesicae* die ganze Länge der Harnröhre zeigte.

Ich habe diese Data hier nur anführen wollen, um zu zeigen, was von den Beobachtungen zu halten sei, welche den Sitz einer Strictur oder dergl. auf ein paar Linien genau angeben zu können meinen. Mir scheint es sehr wichtig und für Medizin und Chirurgie erspriesslich, wenn man, den exacten Wissenschaften folgend, unsere Untersuchungsmethoden einer genauen Kritik unterwirft und zunächst die Grenzen der Beobachtungsfehler kennen lernt. Eine Menge von Vorurtheilen und Streitigkeiten werden auf diese Weise beseitigt werden können.

Die Messungen vom *orificium urethrae* bis zur Strictur sind durchaus täuschend und müssen es bei der wechselnden Länge der *pars spongiosa* sein. Die Beobachtungsfehler erreichen in der Leiche, wo die vitalen Grössendifferenzen des Penis gar nicht in Anschlag kommen, und bei Benutzung ein und desselben Katheters eine Grösse bis zu 9 Linien. Im lebenden Individuum und bei Anwendung von verschiedenen Instrumenten müssen sie noch beträchtlicher ausfallen. Die Messungen vermittelst eines auf den Schamberg aufgesetzten Massstäbchens geben genauere Resultate. Doch hat auch diese Methode ihre Fehlerquellen. Einestheils ist es schwer, den Massstab immer in gleicher Richtung auf den Schamberg aufzusetzen, und jede Neigung des Winkels giebt verhältnissmässige, wenn auch nicht sehr beträchtliche Längendifferenzen; anderentheils bietet die den Knochen bedeckende Fettschicht eine nachgiebige Unterlage und eine verhältnissmässige Differenz, je nachdem man das Massstäbchen fester oder loser aufsetzt. In derselben Hand und unter günstigen Bedingungen kann die Methode eine Genauigkeit bis auf 4 Linien Fehler erreichen. Unter ungünstigen Bedingungen und bei Anwendung verschieden gebogener Instrumente erreichen die Beobachtungsfehler eine Grösse von 6 bis 9 Linien. Bessere Methoden sind bis jetzt nicht bekannt, alle genaueren Angaben deshalb mit Misstrauen aufzunehmen. Die Länge der *pars prostatica* und *membranacea* der Harnröhre lässt sich schon eher mit Genauigkeit an der Leiche bestimmen, da diese Theile keine wesentliche Veränderung in ihren Längendimensionen erfahren. Deshalb stimmen auch die meisten Angaben ziemlich überein. Die Länge der *pars prostatica* ist im Durchschnitt 10—12''', die der *pars membranacea* 8—10 Linien.

Rücksichtlich der Lage der Harnröhrentheile ist noch Folgendes zu bemerken. Die *pars prostatica* liegt zwischen zwei Linien, welche von der Steissbeinspitze zum oberen und unteren Rande der *symphysis ossium pubis* gezogen gedacht werden. Die obere dieser Linien schneidet das *orificium vesicae*, die untere berührt die Spitze der Prostata. Das *orificium vesicae* liegt 10—11 Linien hinter der hinteren Wand der Schambeinverbindung, der unterste Punkt der *pars prostatica urethrae* 5—6 Linien hinter dem unteren Rande der Symphyse. Beide Punkte liegen ungefähr in derselben Entfernung (respective 10—12 und 5—6 Linien) von dem Mastdarm. Die *pars membranacea* nähert sich dem unteren Rande der Schambeinverbindung noch mehr und geht 4 Linien hinter und unter demselben weg. Fast senkrecht unter dem *ligamentum arcuatum inferius* begiebt sich die *pars membranacea* in die *pars spongiosa urethrae*, deren Bulbus sich aber einen guten halben Zoll, oft noch mehr und fast bis zum *sphincter ani* reichend, nach hinten erstreckt.

DIE WEITE DER HARNRÖHRE.

Die Zeichnung auf Tab. I macht keinen Anspruch darauf, eine Anschauung von den Weitenverhältnissen der Harnröhre zu geben. Ich habe schon früher erwähnt, dass die Harnröhre nicht in der Mitte getheilt, sondern das Präparat nur bis auf etwa 1 Linie diesseits der Mitte abgetragen ist. Schon aus diesem Grunde ist die Harnröhre nicht in ihrem grössten Lumen hier aufgefasst. Ich hatte aber auch noch einen anderen Grund, bei dieser Zeichnung nicht auf die Weitenverhältnisse der Harnröhre einzugehen, den nämlich, dass die Harnröhre im normalen Zustande kein wirkliches Lumen besitzt. Die Wandungen liegen immer in unmittelbarer Berührung an einander. Ich würde diese Behauptung gar nicht mit Gründen belegen, wenn man nicht hier und da noch auf die entgegengesetzte Ansicht stiesse. Ohne mich deshalb auf die Querschnitte frischer und in Weingeist erhärteter, schlaffer und injicirter *membra virilia*, welche die Sache von anatomischer Seite hinreichend beweisen, zu berufen, will ich den Beweis jedem in die Hand geben. Wenn ein Lumen, also ein Hohlkanal, vorhanden ist, so muss er nach der Lehre vom *horror vacui* mit irgend etwas erfüllt sein. Nun comprimire und streiche man die Harnröhre von hinten nach vorn. Man wird bei einem gesunden Individuum keine Flüssigkeit oder dergl. herausdrücken. Man wiederhole den Versuch unter Wasser, etwa im Bade, und man wird keine Luftblasen emporsteigen sehen. Also kein Inhalt und somit kein Lumen. Die besagten Versuche, im Zustande der Erection vorgenommen, liefern für diesen Zustand denselben Beweis, einen physikalischen Beweis, der so schlagend ist, dass man auf weitere Widerreden gar nicht einzugehen braucht. Ob bei der höchsten Anfüllung des *corpus cavernosum urethrae*, wie sie wohl nur beim Coitus erfolgt, ein offenes Lumen sich bildet, lässt sich durch Versuche schwerlich entscheiden. Ich habe nach wohlgelungenen Injectionen die Harnröhre nie klaffend gefunden, und wenn von anderen Beobachtern das Gegentheil behauptet wird, so erkläre ich mir diesen Erfolg aus der Zusammenziehung der Injectionsmasse beim Erkalten. Einige Male habe ich gefunden, dass Masse durch die Schleimhaut in die Harnröhre transsudirt war, und dann allerdings diese, nach Wegnahme der Masse, klaffend. Dass dies aber kein Beweis für die entgegengesetzte Ansicht ist, liegt am Tage.

Uebrigens scheint mir auch die Annahme eines offen stehenden Kanals von physiologischem Standpunkte aus ganz überflüssig. Man denkt sich, der Samen könnte dann leichter und schneller diesen Weg durchlaufen. Wenn aber bei schlaffem Gliede, wo bestimmt kein Lumen vorhanden ist, der Urin so leicht diesen Kanal durchläuft, wenn der *musc. bulbocavernosus* allein, nach vollendeter Blasencontraction, die letzten Tropfen Urin mit Kraft hervorspritzt, warum sollte es ihm da nicht mit dem Samen, ohne die hypothetische Hülfe eines offen stehenden Kanals, mit derselben Leichtigkeit gelingen? Meiner Ansicht nach dürfte die gespannte Anfüllung des *corpus cavernosum urethrae* eher den Zweck haben, die Harnröhre gegen äussere Compression zu sichern, als ihr ein offen stehendes Lumen zu geben.

Wenn man Querschnitte an der frischen oder in Weingeist erhärteten Harnröhre macht, so findet man den Kanal folgendermassen. In der Eichel und so weit die *fossa navicularis* reicht, zeigt sich eine verticale, kaum 2 Linien lange Spalte. Weiter zurück, bis etwa 2 Zoll von der vorderen Oeffnung, ist der Kanal rund zusammengezogen, so dass die Schleimhaut nach der Mitte zu sternförmig gefaltet erscheint.*) Weiter zurück geht diese Form wieder allmälig in's vertical Längliche über und zeigt sich im Bulbus wieder als eine 2 Linien lange Spalte. Die *pars membranacea* ist wieder rundlich in der oben angegebenen Art zusammengezogen und in der *pars prostatica* endlich sehen wir einen nach hinten zweischenklig auseinander gehenden Spalt, indem die Falte, welche von der *uvula orificii vesicae* als *colliculus seminalis* auf dem Boden der Harnröhre nach unten verläuft, sich zwischen den anliegenden Seitenwänden emporhebt.

Wie wir gesehen haben, kann von einer Weite der Harnröhre nicht eigentlich die Rede sein, und alles, was darüber gesagt wird, betrifft nur ihre Erweiterungsfähigkeit beim Durchgange verschiedener Medien. Man sollte deshalb fürder nicht mehr von der Weite, sondern von der Capacität der Harnröhre sprechen. Die Weite ist ein Resultat zweier, sich entgegenwirkender Grössen und immer gleich der Differenz zwischen der erweiternden Kraft und dem Widerstande, welchen die zusammengezogene Harnröhre dieser erweiternden Kraft entgegensetzt. Dieser Widerstand ist bei geringer Ausdehnung unbeträchtlich, wächst aber mit dem Grade der Ausdehnung und erreicht am Ende ein Maximum, wo die Nachgiebigkeit der Weichtheile aufhört und eine stärkere Ausdehnung nicht mehr ohne Zerreissung stattfinden kann. Halten wir so fest, dass die Weite der Harnröhre ein durchaus relativer, nach der Stärke der erweiternden Kraft bis zu einer gewissen Grenze variirender Zustand ist, dass diese Grenze eben die grösste Capacität der Harnröhre bezeichnet, so werden wir leicht das einfachste Mittel erkennen, uns über die Capacität der Harnröhre zu unterrichten. Es ist die künstliche Injection. Für den praktischen Gesichtspunkt giebt diese Methode die besten Anhaltspunkte und die klarste Anschauung, da es sich dabei ja ausschliesslich darum handelt, zu wissen, wo man leichte Passage zu finden und wo man auf Hindernisse zu stossen erwarten dürfe. Man hat gegen diese schon vielfach angewandte Methode die Einrede gemacht, dass sie eine künstliche Ausdehnung der Harnröhre hervorbringe und, nach dem Grade der beim Injiciren angewandten Kraft, verschiedene Resultate gebe. Der erste Einwand fällt von

---

*) Bei gelungenen Injectionen des *corpus cavernosum urethrae* zeigte sich im mittleren Theile des Penis die Harnröhre nicht rund zusammengezogen, sondern als eine Querspalte.

selbst weg, weil, wie gezeigt wurde, für die Harnröhre überhaupt nur bei der Ausfüllung durch ein Contentum ein Lumen existirt. Der zweite verliert wenigstens an Bedeutung, wenn man bedenkt, dass diese Ausdehnungsmethode immer noch zu den mildesten gehört und man sich nach der Ausdehnung der Blase in Bezug auf die Beendigung der Injection richten kann. Dass trotzdem etwas schwankende Resultate erreicht werden, gebe ich gerne zu, glaube aber, dass man bisher keine bessere Methode besitzt. Die Messungen der aufgeschnittenen Harnröhre setzen eine Ausbreitung voraus, die, nach der Festigkeit der einzelnen Harnröhrentheile und der verschiedenen Kraft, mit der die Ausbreitung geschieht, sehr schwankende Resultate hervorbringt. Einer gleichmässig ausdehnenden Kraft ist man wenigstens bei der Injection sicher.

Die Zeichnung auf Tab. III. Fig. I. habe ich aus den mittleren Dimensionen mehrerer mit Cacaobutter injicirter und nachher getrockneter Präparate zusammengestellt. Einige zeigten grössere, andere geringere Dimensionen, das relative Verhältniss der einzelnen Harnröhrentheile stimmte aber in den einzelnen Präparaten ziemlich genau überein, weshalb ein Mittel zu nehmen erlaubt war. Demnach zeigt sich die Capacität der Harnröhre auf dem Längendurchschnitt folgendermassen.

Das *orificium vesicae* ist eng, von vorn nach hinten 2''' weit und besonders an der hinteren Wand durch die faltenförmig 1 1/2''' bis 1 2/3''' hervortretende Schleimhaut (L i e u t a u d's *luette vesicale*) verengt. Diese bildet einen Vorsprung, eine Art Klappe, an der Uebergangsstelle zwischen hinterer Blasenwand und *pars prostatica urethrae* (Tab. III. Fig. I.d). Die Einschnürung wird durch den darunter liegenden *sphincter vesicae* veranlasst. An der vorderen Wand bildet die Schleimhaut keine beträchtliche Falte, so dass hier die Blase fast ohne Unterbrechung in die Harnröhre übergeht. Der quere Durchmesser ist 2 1/2 ''' und gleichfalls ohne besondere Falten der Schleimhaut.

Bald unter dem *orificium vesicae*, in der *pars prostatica* (Tab. III. F. I. c.) erweitert sich die Capacität der Harnröhre rasch bis auf einen Durchmesser von 5 ''' und verengt sich erst wieder bis zur Spitze der Prostata, wo die Capacität 3''' beträgt, welches Maass für die *pars membranacea* gleichbleibt. In der *pars bulbosa* steigt die Capacität rasch wieder, so dass sie schon nach Verlauf eines halben Zolls (Tab. III. Fig. I. b) eine Mächtigkeit von 6 ''' erlangt hat, sich dann aber, im Verlaufe eines halben Zolls wieder auf 4 ''' vermindert, welche Capacität die *pars spongiosa urethrae* bis zur *fossa navicularis* beibehält. Ueber die Capacität in der *fossa navicularis* und von da bis zum *orificium vesicae* kann ich nach den gemachten Präparaten keine genauen Maasse angeben, da diese Partie immer unvollkommen injicirt war. Die nothwendige Befestigung des Tubulus schnürt diese Stellen unnatürlich zusammen, und auch wenn man von der Blasenseite her injicirt, muss man die Harnröhreumündung durchstechen und umbinden, so dass die vorderste Partie ein unnatürliches Aussehen bekommt. Diese Stelle, bei a. Tab. III. Fig. I., ist deshalb nicht nach den injicirten Präparaten gezeichnet. Was ich bisher über die verticalen Dimensionen gesagt habe, gilt im Allgemeinen auch für die queren, nur dass diese sowohl in der *pars bulbosa* als *prostatica* nicht ganz so mächtig sind, als die von der hinteren nach der vorderen Wand.

Aus der Zeichnung geht hervor, dass sich die beschriebenen Ausstülpungen der Harnröhre nur an der hinteren und einem Theile der seitlichen, nicht aber an der vorderen Wand finden. Diese verläuft gerade oder gleichmässig gebogen. Daraus ist leicht zu erklären, warum es so wichtig ist, sich mit der Spitze des Katheters immer möglichst an der vorderen Harnröhrenwand zu halten. Ausser kleinen Falten und unbeträchtlichen Grübchen bietet diese Wand eine gleichmässig convex verlaufende Fläche, an der das Instrument leicht emporgleitet.

4

An der hinteren Wand dagegen folgen sich zweimal Stellen von sehr verschiedener Capacität, wo fast unmittelbar über einer sehr erweiterungsfähigen Stelle einmal im Bulbus, das andere Mal in der Prostata, eine sehr enge Passage folgt. Und was noch beachtenswerther ist, an den beiden engen Stellen liegen gerade die Sphinkteren, über dem Bulbus der *sphincter urethrae membranaceae*, über der Prostata der *sphincter vesicae*.

Wenn man also zunächst an diesen genannten Uebergangsstellen beim Kathetrisiren häufig auf Schwierigkeiten stösst, so erklärt sich dies leicht. Erstlich vermindert sich die Capacität des Kanals im Verlaufe der kurzen Strecke eines halben Zolls von 6 ''' auf 3 ''' und zwar nicht gleichmässig trichterförmig, sondern buchtig an der hinteren und seitlichen Wandung. Zweitens findet sich oberhalb dieses freieren Spielraumes ein Muskelwiderstand, der bei krampfhaften Stricturen und selbst in Folge des Reizes des eindringenden Instrumentes ein nicht unbeträchtliches Hinderniss abgeben kann. Geräth man nun mit der Spitze des Instrumentes, statt sie hinter der Symphyse scharf an der glatten Vorderwand der Harnröhre hinaufzuführen, in den faltigen *recessus* der Hinterwand, so ist es sehr erklärlich, wie es wohl geschehen kann, dass man die Schleimhaut bentelförmig zurückdrängt und sich in den Falten fängt, statt in die engere, oft contrahirte Passage der *pars membranacea* oder des *orificium vesicae* hinüberzugleiten. An diesem letztgenannten Punkte kommt noch hinzu, dass der Kanal eine plötzlich etwas schärfere Biegung nach vorn macht, man also mit dem Schnabel des Instrumentes immer gegen die Hinterwand des Kanals und unter die Schleimhautfalte geräth, wenn man nicht durch plötzliches starkes Senken des Schaftes die Spitze des Instrumentes scharf nach vorn dirigirt.

Deshalb gewährt es eine Erleichterung bei der Einführung, wenn der Schnabel des Instrumentes nach vorn stärker gebogen ist und also vermöge dieser seiner Richtung von selbst mehr der Vorderwand der Harnröhre folgt. Auf eine ähnliche kurze Krümmung der Spitze hat bekanntlich schon früher B e r t o n Gewicht gelegt und Katheter empfohlen, die an der Spitze, in der Länge von ein paar Linien stärker nach vorn gebogen sein sollten, doch so, dass die ganze Biegung die Weite der Harnröhre an ihren engsten Stellen nicht überschreitet.

Wenn die Frage aufgeworfen wird, an welchen Stellen vorzugsweise Gefahr vorhanden sei, durch fehlerhafte Führung ungünstig gebogener Instrumente Verletzungen oder Durchbohrungen der Harnröhre zu bewirken, so stellen sich vorzugsweise die beiden Punkte der hinteren Ausbuchtung der Harnröhre heraus, unter der *pars membranacea* und in der *pars prostatica* zwischen *uvula orificii vesicae* und Samenhügel. In Bezug auf den letzten Punkt habe ich noch eine Bemerkung zu machen.

Wenn man mit den meisten Schriftstellern annehmen dürfte, dass die Prostata überall durch ihre Basis innig mit dem s. g. Blasenhalse verwachsen wäre, so dürfte man eine Verletzung an der angegebenen Stelle ohne eine überaus rohe Kraftanstrengung für unmöglich halten. Es müsste dann entweder die Prostata in einem ihrer grösseren Durchmesser, oder ein Theil der Blasenwandungen gewaltsam zerrissen werden. Diese Angabe ist aber nicht ganz richtig. Es steigt an der hinteren Blasenwand ein Blatt der *fascia pelvis*, die longitudinale Muskelschicht der Blase begleitend, bis zum *sphincter vesicae* herab, also zwischen der oberen Fläche (*basis*) der Prostata und den Blasenmuskeln eindringend bis auf eine Entfernung von 3 Linien von der hinteren Wand der Harnröhre. Von hier wendet sich dies Blatt zurück, und verläuft auf der oberen Wand der Prostata, um in die Duplicatur der *fascia pelvis* zurückzukehren, welche die Samenbläschen einkapselt. Die Lage dieser Fascie ist auf Tab. I. n. zu sehen. Ich führe dies hier vorläufig an um darauf aufmerksam zu machen dass die

Harnröhre hier, in der obersten Partie der *pars prostatica*, an der hinteren Wand, ein paar Linien unter dem *orificium vesicae* eine schwache Stelle hat, die zu Verletzungen bei gewaltsamem Kathetrisiren Veranlassung geben kann. Ich habe bei der Leiche gesehen, dass bei einem absichtlich nicht sehr moderirten Einführen einer geraden, nur an der Spitze kurz gebogenen Sonde die Harnröhre an dieser Stelle durchbohrt wurde, und das Instrument in den Zwischenraum zwischen Blase und Mastdarm eindrang. Gerade diese Stelle aber wird sich, wenn der Sphinkter krampfhaft contrahirt ist, der Spitze der Sonde oder des Katheters als Hinderniss gegen weiteres Vordringen entgegenstellen.

Wenn der verehrte Leser mit mir einverstanden ist, dass es vernünftig sei, zum gewöhnlichen Kathetrisiren sich solcher Instrumente zu bedienen, welche in ihrer Biegung der constanten Harnröhrenkrümmung entsprechen, so bitte ich, nur einmal die gebräuchlichen Katheter auf die Durchschnittzeichnung zu legen und zu beobachten, an welchen Stellen die Spitze beständig Anstoss finden wird. Es ist die hintere Wand. Ich will glauben, dass Harnröhren vorkommen, wo eine geringere Biegung stattfindet und ein weniger gebogenes Instrument bessere Dienste leistet, als die von mir angegebene Form. Auch weiss ich, dass bei geschickter Handhabung Instrumente von fast jeder Biegung eingeführt werden können. Ich frage hier nur nach dem Zweckmässigen. Das einzige Hinderniss, welches die stark gebogene Form in der Hand des Ungeübten bereiten könnte, ist die Schwierigkeit, die *symphysis pubis* damit zu umgehen. Diese verschwindet aber sogleich, wenn man das Instrument anfangs ein wenig von der Seite einbringt, ein Mannöver, welches bei dickleibigen Personen ja ohnehin nicht zu vermeiden ist und z. B. von Civiale stets beobachtet wird. Ich hoffe, dass die angegebenen Gründe wenigstens zu prüfenden Versuchen Veranlassung geben werden.

Die weibliche Harnröhre ist fast gerade, 12 Linien lang, gleichmässig und hinreichend weit, um die Einführung von Instrumenten leicht zu gestatten. Der *sphincter vesicae* ist construirt wie beim Manne, und der willkührliche *sphincter urethrae* liegt von ihm nach vorn und unten in der Art, wie die der weiblichen Harnröhre entsprechende *pars membranacea* des Mannes versorgt ist. Der weibliche Katheter bedarf gar keiner Krümmung, doch ist dieselbe unschuldig, wenn sie nur nicht zu stark ist.

PROSTATA.

Indem ich das bekannte Detail übergehe, will ich nur Punkte der feineren Structur berühren, welche mir einige Aufmerksamkeit zu verdienen scheinen.

Macht man vermittelst des Doppelmessers feine Schnittchen aus der Substanz der Prostata, was bei der Resistenz der Drüse leicht gelingt, so sieht man, wo die Schnittchen dünn genug gerathen sind, ein Maschengewebe, bestehend aus rundlichen, ovalen oder mehr oder weniger unregelmässig geformten Hohlräumen, und verhältnissmässig dicken Wandungen, welche balkenartig zwischen den Hohlräumen fortlaufen und sie von einander trennen. Die Hohlräume zeigen, schon wegen der Zufälligkeiten des Schnittes, verschiedenes Ansehen. Ist nur die eine Wand des Raumes abgetragen, so sieht man wie in eine Caverne, die aber im Innern nicht immer ebenmässig rund ist, sondern zuweilen gewunden fortläuft, wie man bei verschiedener Einstellung des Focus sieht. Sind beide Wandungen abgetragen, so sieht man klar durch die entstandene Masche hindurch und kann oft die Seitenwandungen mit ihrer Bekleidung deutlich übersehen. Bei etwas zu dicken Schnittchen sieht man keine Maschen, aber die rundlichen Formen in entsprechender Lagerung durch die Masse durchschimmern. Diese rundlichen Räume habe ich durchschnittlich gegen $\frac{1}{10}$ Linie gefunden, doch auch grösser und, wie leicht erklärlich ist, da die scheinbare Grösse von dem Fall des Schnittchens abhängt, in sehr wechselnden Form- und Grössenverhältnissen. Die Ausführungsgänge liegen tief in der Drüsensubstanz zwischen dem Drüsenläppchen und geben, wenn sie schräg getroffen werden, oft sehr länglich ovale Formen, die zu täuschenden Messungen Veranlassung geben können. Hat man eine Prostata injicirt und nach dem Trocknen aus Schnittchen die Masse durch Terpenthinöl oder Aether entfernt, so zeigen diese die zellige Structur sehr deutlich, nur tritt der wesentliche Unterschied ein, dass die Maschen viel grösser, das Balkengewebe dagegen zu klein erscheint. Im frischen Zustande ist das Zwischengewebe so stark, dass es an den meisten Stellen fast dem Durchmesser der Hohlräume gleichkommt.

Dies Zwischengewebe besteht fast ausschliesslich aus glatten, mit Kernen besetzten Fasern. Die Kerne liegen ziemlich dicht zusammen, kommen im Durchmesser der Breite der Faser fast gleich, sind aber wenig abgeplattet, so dass sie an einer Faser, die auf der hohen Kante liegt, wie kleine Hügel in kurzen Abständen hervorragen. In Essigsäure erblassen die Fasern und die Kerne treten dann noch deutlicher hervor. Eigentliche Kernverlängerungen, Uebergänge in Fasern (sog. Kernfasern) sah ich nicht, nur zeigten sich die Kerne nach der Richtung der Faser oft oval. Da die Fasern in regelmässiger Anordnung ziemlich parallel an einander liegen, so entsteht theils durch ihre Lagerung, theils durch die nun reihenweise gelagerten Kerne ein faserig-gestreiftes Ansehen des Gewebes. Die Kerne liegen alsdann, wenn man das unzerzaste Gewebe betrachtet, sehr dicht zusammen, da sie immer von mehreren Fasern gleichzeitig in die Augen fallen, und die benachbarten die Stelle ausfüllen, wo eine Faser knötchenfrei ist. Die Länge der einzelnen Fasern konnte ich nicht bestimmen, da man beim Verkleinern nicht leicht künstliche Fragmente von natürlichen Enden zu unterscheiden vermag, im Zusammenhange des Gewebes aber keine Enden zu erkennen sind.

Dieses Hauptgewebe der Prostata ist an einigen Stellen, besonders nach der Spitze der Drüse zu, mit Zellstoflagen, in denen elastische Fasern ziemlich reich verlaufen, untermischt, und zwar so, dass zwischen den Lagen von Knötchenfibrillengewebe Lagen von Zellstoff sich verbreiten, oft von ziemlicher Mächtigkeit. Theils dient derselbe wohl als Bindemittel, theils aber ist er augenscheinlich in Begleitung der Gefässe etc. vorhanden. Es findet sich auch keine eigentliche Vermischung der Elementargewebe, sondern jede Partie bildet ihre besonderen Gruppen.

Die Hohlräume der Prostata sind ausgekleidet mit einem vollständigen Cylinderepithelium, welches sich in seiner Lage an den Schnittchen beobachten lässt, wo man die Wandungen der Maschenräume überblicken kann, sonst aber auch schon bei jedem Schnittchen im Ueberfluss auf dem Objectträger umherliegt. Die Cylinder sind lang, spitzfüssig und zeigen einen, oft auch in einiger Entfernung über einander liegend zwei Kerne.

Die Prostata umgiebt den Anfang der Harnröhre so, dass bei weitem der grösste Theil der Drüsenmasse hinter und seitlich von der Harnröhre liegt. Vor der Harnröhre findet sich nur eine unbedeutende Menge der eigentlichen Drüsensubstanz. Zwar hat es den Anschein, als ob die Harnröhre gleich von dem Blasenausgange an in einem Kanal der Drüsensubstanz verliefe; wenn man aber nur das als Drüse bezeichnen will, was eine acinöse Structur zeigt, so läuft die Harnröhre erst eine Strecke von 4—5''' vom *orificium vesicae*, bevor sie an ihrer vorderen Wand von Drüsensubstanz umgeben wird. In Tab. I bezeichnet der Punkt w an der vorderen Wand der Harnröhre die Stelle, welche Drüsensubstanz zeigt. Oberhalb dieser Stelle, zwischen Schleimhaut und den Muskelausbreitungen bis zum *orificium vesicae* aufsteigend liegt ein weissliches, derbes, fibrös aussehendes und aus den oben genannten Knötchenfibrillen gebildetes Stratum, welches in gleicher Weise die hintere und seitliche Wand der *pars prostatica* begleitet und nichts von acinöser Structur zeigt. Mag man es im Allgemeinen zur Harnröhre, als *stratum submucosum*, oder zur Prostata rechnen wollen, — hier ist nur hervorzuheben, dass es, wegen Mangels an acinöser Structur, nicht als Drüsengewebe anzusehen ist.

Wenn man schon hier über die strengen Grenzen der Prostata zweifelhaft bleibt, so ist dies noch weit mehr an der vorderen Wand der Drüse der Fall. Bekanntlich geht das *ligamentum puboprostaticum medium* von der *symphysis pubis* auf den Rücken der Prostata und so zur vorderen Blasenwand über. Präparirt man die Prostata frei, entfernt das besagte Ligament und die darunter liegenden, der Prostata innig angehefteten Venen, so folgt nun zuerst eine Quermuskelschicht, welche mit der eigentlichen Drüsensubstanz im innigsten Zusammenhange ist.

Macht man mit dem Doppelmesser von dem Rücken der Prostata Querschnittchen senkrecht gegen die Harnröhre und betrachtet sie mikroskopisch, so findet man, dass das oberflächliche Drittheil dieser Schnitte eine zusammenhängende acinusfreie Schicht von einem mit quergestreiften Muskelfasern untermischten Gewebe bildet. Die sehr deutlich quergestreiften Muskelbündel liegen immer in querer Richtung, als primitive Bündel mehr oder weniger isolirt verlaufend. Oft liegen viele nahe bei einander, aber sie bilden nicht durch geordnetes Aneinanderliegen eine zusammenhängende Muskelschicht, sondern jedes Primitivbündel lässt sich isolirt verfolgen in der davon verschiedenen Grundsubstanz. Die meisten dieser Bündel zeigen eine Breite von $^1/_{60} — ^1/_{90}$ '''; sie verlaufen nicht immer ganz gestreckt, sondern zuweilen geschlängelt und gebogen, sich mit daneben laufenden kreuzend u. s. w. Dass aber der Hauptverlauf transversal ist, geht daraus hervor, dass, wenn man ein Schnittchen nach der Richtung des Verlaufs der Harnröhre macht, man nur Querdurchschnitte der Muskelbündel zu sehen bekommt.

Näher nach der Harnröhre zu sieht man nun die Acini und Maschenräume, welche den durchschnittenen Acini angehören, zwischen dem deutlichen Knötchenfibrillengewebe; aber an der äusseren Grenze dieses Bereiches ziehen immer noch hier und da einzelne der beschriebenen Muskelprimitivbündel durch das Gewebe, umspinnen die Grenzacini und heften sich, in deren Zwischenräume tief eindringend, an die Drüsensubstanz an, so dass man sagen kann, die willkührliche Muskelschicht dringt bis in die Drüsensubstanz ein.

Diese Partie willkührlicher Muskeln hängt nach unten mit dem *musc. urethralis transversus* zusammen und reicht nach oben bis in die Gegend des *sphincter vesicae*. Es ist dies die Muskelschicht, welche als vom *urethralis transversus* stammend und die vordere Fläche der Prostata bedeckend beschrieben wird. Ich möchte diese Beschreibung dahin modificiren, „dass die Prostata in ihrer Vorderwand ein dickes und reiches Stratum willkührlicher Muskelfasern eingebettet enthält“, denn ausser den Muskelfasern ist noch ein anderes dichtes und sehr festes Gewebe vorhanden, in welchem die Muskelbündel eingebettet sind, und welches doch wohl zur Prostata gerechnet werden muss. Daneben erwähne ich noch, dass vor diesem Muskelstratum willkührlicher Fasern noch ein dünnes und lockeres, vom *detrusor urinae* herrührendes, longitudinales Stratum unwillkührlicher Muskelfasern auf der Prostata verläuft und, wenigstens mit seiner tieferen Schicht, ziemlich innig mit dem Stratum der willkührlichen Fasern verbunden ist.

Die Bedeutung des beschriebenen Quermuskelstratums in der Prostata scheint mir klar. Es ist der *sphincter urethrae* in der *pars prostatica*. Wir haben früher schon gesehen (pag. 22), dass die Gestalt der Harnröhre in der Prostata einem senkrechten zweischenkligen Spalte gleicht. Wenn somit Fasern eingelagert sind, welche das umgebende Gewebe in querer Richtung verkürzen, so ist klar, dass der Spalt enger zusammengepresst und dadurch ein Verschluss hervorgebracht werden muss. Hier haben wir also den Anfang des *sphincter urethrae*, und zwar einen *sphincter voluntarius*, — wichtig für das willkührliche Zurückhalten des Urins, wichtig auch für die Erklärung krampfhafter Stricturen in der *pars prostatica*. Grossen Widerstand wird der Katheter wohl nicht durch diese Muskelfasern erfahren, da sie zu einer bedeutenden Wirkung nicht günstig genug gelagert sind. Doch werden sie wohl einige Beachtung verdienen, weil sie mit dahin wirken können, die Spitze des Instrumentes gegen die hintere Harnröhrenwand zu drängen, und dadurch, wie ich oben auszuführen versucht habe, Hindernisse bei der Einführung herbeizuführen. Wir wollen diese Prostatapartie als *sphincter urethrae prostaticus* bezeichnen. Sie bildet wenigstens $^1/_3$ der vor der Harnröhre gelegenen Prostata, zieht sich seitlich in einem Bogen etwas herum und verliert sich allmälig zwischen dem eigentlichen Drüsengewebe.

Wollen wir die Prostata nach ihren verschiedenen Gewebtheilen zerlegen, so haben wir in der nächsten Umgebung der Harnröhre eine derbe und fibrös aussehende, aus Knötchenfibrillen gebildete Substanz*), darauf folgend die acinöse Drüsensubstanz, welche hinten und seitlich sehr entwickelt, vorn unbeträchtlich ausgedehnt ist, und in der Vorderseite endlich die, einem festen Gewebe eingebettete, verhältnissmässig ziemlich starke Lage primitiver willkührlicher Muskelbündel. Die Grenzen der Prostata sind an der Spitze, der hinteren und seitlichen Fläche scharf genug gegeben, da die Bekleidung der *fascia pelvis* die Grenze bildet. Vorn ist sie mit den umgebenden Theilen in sehr innigem Zusammenhange und ihre Grenze kaum anzugeben. Oben streichen die Ausbreitungen des *sphincter vesicae* und des *detrusor* so in die Substanz der Prostata hinein, dass eine scharfe Grenze gleichfalls nicht zu ziehen ist. Die Prostata ist somit nicht blos Drüse, sondern Sammelplatz mehrerer Gewebtheile. Ihre derbe Consistenz mag mit dazu bestimmt sein, den musculösen Adhärenten einen festen Stützpunkt zu geben.

Fälle von Prostatavergrösserung sind mir nicht in hinreichender Menge zur Untersuchung gekommen, um über die dabei eintretenden Veränderungen ein allgemeines Urtheil zu fällen. Ich erwähne deshalb blos dasjenige, was ich bei den genau untersuchten Fällen der Art, die aber immer noch in den Grenzen einer mässigen Hypertrophie sich befanden, Uebereinstimmendes gefunden habe. Immer hatte die Drüse stellenweise ihre normale Textur, aber an anderen Stellen fand sich ein dichtes Gewebe von Knötchenfibrillen, welche nur sparsame Maschenräume, Acini, zwischen sich erkennen liessen. Diese verdichteten Stellen bildeten meistens ein paar rundliche Inseln, gleichsam festere Kerne im Inneren der Drüse, und zwar zu beiden Seiten neben der Harnröhre. Nach aussen schieden sie sich nicht scharf von der normalen Drüsensubstanz, nur einigemal fand ich diese Verhärtungsinseln schalig abgesondert von der Umgebung. In diesem Zustande zeigen sie schon das Bild der eigentlichen fibroiden Geschwülste, denen sie, dem histologischen Elemente nach, durchaus beizuordnen sind. Noch

---

*) Diese Knötchenfibrillen werden neuerdings durchweg als glatte Muskelfasern gedeutet. Der Beweis dafür scheint mir noch nicht hinreichend geliefert und ich habe deshalb die früher gewählte Bezeichnung beibehalten, um kein Präjudiz für die Wirkung aufzustellen.

mehr ausgebildet, verhärtet und von der Umgebung abgegrenzt, oder auch auf Kosten derselben gewachsen, stellen sie das Fibroid dar, welches man in der Prostata, analog dem Uterus, ziemlich oft findet. Es zeigt sich hier der merkwürdige Umstand, dass Hypertrophie und Fibroidbildung nur gradweise Abstufungen des Vorwaltens einer normalen Grundsubstanz, der Knötchenfibrillen, sind.

In den hypertrophischen Drüsen zeigt sich daneben immer stellenweise ein krankhaftes Product, theils in den Acini, theils in dem Anfange der Ausführungsgänge. Es sind dies die sog. Colloide, wenigstens will ich diesen Namen, der für ähnliche Concremente der Schilddrüse Eingang zu finden scheint, dafür benutzen.

Es sind dieses mandelförmige, compacte, oft concentrisch-schalige festweiche Körperchen von sehr verschiedener Grösse. Während ich die meisten von $^1/_{10} - ^1/_{15}$ ''' im grösseren Durchmesser fand, stiegen einzelne bis zu der Grösse von $^1/_2$ ''' und fanden sich nach der anderen Seite Abstufungen jeder Grösse bis zu $^1/_{112}$ '''. Die grössten zeigen sich meistens glänzend bernsteinfarben, oft noch dunkler und Leinsamenkörnchen nicht unähnlich. Die kleineren sind meistens hell und farblos. Alle mehr oder weniger transparent. Eine schalige Structur ist sehr gewöhnlich und bei den grösseren oft sehr auffallend. Meistens erkennt man ein oder ein paar besondere Kerne im Inneren, die aber, wie die Colloide selbst, in der Grösse so schwanken, dass man nicht an selbstständig organisirte Zellen mit Kernen denken kann. Wahrscheinlich sind es nur die anfänglichen Concremente, um die sich die schaligen Hüllen allmälig abgelagert haben. Hierfür spricht auch noch, dass bei zwei Kernen die schalige Structur im Inneren zuerst die einzelnen Kerne umgiebt und erst in den mehr äusseren Schichten gemeinschaftlich um beide herumläuft.

Die Consistenz dieser Körper ist so, dass sie sich leicht zerdrücken lassen, wobei sie wie gekochtes Eiweiss winkelig klaffende Risse bekommen, die sich bei aufgehobenem Drucke wieder zusammenlegen, bis bei stärkerem Drucke das Ganze zu schaligen Scherben zerfällt oder krümelig zerquetscht wird. Wenn man unter dem Mikroskope an den Körpern mit der Nadel manipulirt, so sieht man, wie sie sich leicht damit durchschneiden lassen und neben der weichen Beschaffenheit doch eine gewisse Elasticität zeigen.

Ueber den Ursprung der Colloide weiss ich nichts. Zuweilen sah ich Acini, die noch mit Epithelium ausgekleidet waren, mit Blutextravasat gefüllt. Möglich wäre es, dass das Coagulum die erste Veranlassung zu der Colloidbildung geben könnte. Doch findet man die Colloide oft so häufig, dass diese Veranlassung nicht mit Wahrscheinlichkeit anzunehmen ist. Ob eine Drüsenvergrösserung durch die Colloide entstehen könne, ist wohl schwerlich zu beweisen. Doch ist so viel gewiss, dass die Mehrzahl der Colloide von $^1/_{10} - ^1/_{15}$ ''' die Acini, in denen sie liegen, fast oder ganz ausfüllen, und dass alle grösseren, die bis zu $^1/_2$ ''' hin vorkommen, nur in einer wesentlich vergrösserten Höhle Platz finden.

Hier haben wir es also nicht mit einer Hypertrophie der Gewebe, sondern mit einer abnormen Neubildung zu thun, die als Element, wenn nicht der Vergrösserung, so doch der vergrösserten Drüse auftritt. Merkwürdig ist, dass diese Colloide, ganz in entsprechender Bildung, auch so häufig in der *glandula thyreoidea* vorkommen, wo ich sie in den Hohlräumen selbst unvergrösserter Schilddrüsen gefunden habe. Dass sie in strumatösen noch viel häufiger und weit grösser sich vorfinden, ist bekannt. Ich bin geneigt anzunehmen, dass sie, durch Apposition wachsend, die Acini ausfüllen und ausdehnen, und so die Drüsenvergrösserung wenigstens mit bedingen.

CORPORA CAVERNOSA.

Die Schwellkörper zeigen sich in der Zeichnung Tab. I. J. K. in ziemlich ausgedehntem Zustande. Das Individuum hatte sich erhängt und, wie die mikroskopische Untersuchung des Harnröhreninhaltes zeigte, eine Ejaculation gehabt. Hier hatte sich noch eine gewisse Turgescenz des Gliedes erhalten. Es schien mir dies für die Zeichnung ganz instructiv, da man sich gewöhnlich eine zu geringe Vorstellung von dem *corpus cavernosum urethrae* zu machen pflegt. Dieser Schwellkörper nimmt in der hinteren und tieferen Perinäalgegend einen bedeutenden Raum in Anspruch, und der Bulbus desselben geht nach hinten bis nahe an die Vorderwand des Mastdarms. In unserer Zeichnung ist, wenn man die Anfüllung des *corpus cavernosum* bedenkt, der Raum zwischen Bulbus und Mastdarm noch ziemlich beträchtlich. Bei alten Individuen reicht der Bulbus oft bis fast unmittelbar an die Muskelschichten des Mastdarms, wie auch schon Ségalas angiebt.

Das *corpus cavernosum urethrae* umgiebt die Harnröhre von der Stelle an, wo sie sich in die Furche zwischen den zusammentretenden *crura penis* einschiebt, vollständig. Hinterwärts umgiebt der Bulbus die Harnröhre unten und seitlich, ohne an der oberen Seite einen Schwellkörper zu bilden. Es tritt die Harnröhre von hinten her schräg in den Schwellkörper ein, wodurch ihre vordere obere Wand viel länger frei bleibt als die untere. Die *pars prostatica* und *membranacea* der Harnröhre besitzen kein eigentliches *corpus cavernosum*. Von dem eigentlichen Schwellkörper ist das Gefässnetz, welches die Schleimhaut selbst durchstrickt und so auch der *pars membranacea* und *prostatica* die Fähigkeit ertheilt, durch Injectionsmasse ausgedehnt zu werden, gänzlich verschieden. Während das *corpus cavernosum* aus weiten Venen und Venenmaschen besteht, ist die Gefässausbreitung in der *pars prostatica* und *membranacea* nur ein reiches Capillargefässsystem. Während ein Abschnitt des nicht injicirten *corpus cavernosum* schon dem blossen Auge die Lumina der Venen zeigt, entdeckt man bei einem Quersegmente der *pars membranacea* kaum bei angewandter Vergrösserung Lumina von Gefässdurchschnitten. Während man bei den unter Erection Verstorbenen (manchen Erhenkten) die *corpora cavernosa* von Blut strotzend findet, zeigt sich eine nur geringe Blutmenge in den Gefässen der Schleimhaut der *pars membranacea* und des *colliculus seminalis*. Wenn man, wie Kobelt will, das Gefässsystem der *pars membranacea* als eigentliches *corpus cavernosum*, und zwar als eine Fortsetzung des *corpus cavernosum urethrae* betrachten sollte, so müsste die Structur mehr Uebereinstimmung zeigen, es müsste die fibröse Scheide, welche das ganze *corpus cavernosum urethrae* einhüllt, sich nach hinten und oben wie ein Hohlkanal, ein schwammiges Gefässnetz einhüllend, um die *pars membranacea* hinaufziehen. Dies findet sich aber in der Art nicht. Dass die Gefässnetze der *pars membranacea* mit denen der übrigen Schleimhaut und auch mit dem *corpus cavernosum* zusammenhängen und von daher, oder gleichzeitig mit diesen, injicirt werden können, obwohl dies seltener vollständig gelingt, versteht sich von selbst. Dass dies Gefässnetz reicher und entwickelter ist, als Mancher bis dahin vielleicht glaubte, lehren die gelungenen Injectionen von Hausmann und Kobelt. Wenn Letzterer den *colliculus seminalis* so vollkommen injicirt fand, dass dadurch das Lumen der Harnröhre gegen die Blase zu verschlossen wurde, so kann ich darin keine Stütze seiner darauf gebauten Folgerungen finden, da ich, wie schon oben angeführt, bei injicirten wie nicht injicirten Präparaten kein offenes Lumen der Harnröhre erkennen kann. Damit es nicht scheine, dass hier ein Streit um Worte geführt werde, muss ich in eine etwas nähere Erörterung eingehen. Kobelt*) vertheidigt das Vorhandensein eines Schwellgewebes der *pars membranacea* zwischen Schleimhaut und Muskelschicht. Er fand durch die Gefässaufrichtung der Wandung die *pars membranacea* und *prostatica* bis zum *veru montanum* klaffend ausgedehnt, dahinter aber durch den strotzend erigirten Schnepfenkopf die Harnröhre geschlossen. Daran knüpft er folgende Betrachtung: „Diese, durch die wallartige Erhebung des hinteren Randes der Prostata noch unterstützte Abschliessung der *pars prostatica urethrae* von der Harnblase war für das Vorwärtsgleiten des Samens über das *planum inclinatum* des Schnepfenkopfes, gegen welches hin jetzt die Mündungen der *ductus ejaculatorii* gerichtet sind, durchaus nothwendig, wenn die Samenfeuchtigkeit, beim Austritt aus den Ausführungsgängen, nicht in den weiten Raum der Blase, als den *locus minoris resistentiae*, gelangen sollte."

Ich gebe die entwickelte Gefässausbreitung zu, glaube aber nicht, sie als ein *corpus cavernosum* betrachten zu können, erstens weil sie dazu, neben den so benannten Theilen, zu unbedeutend ist, und dann, weil ich die Meinungen nicht theile, welche Kobelt veranlassen, der Gefässschicht diesen Namen beizulegen. Ein Klaffen der *urethra* habe ich bei injicirten Präparaten nicht gefunden; dass es auch im Leben nicht vorhanden ist, habe ich pag. 56 bewiesen. Wenn Kobelt meint, das *veru montanum* müsse die Harnröhre nach hinten schliessen, damit der Samen nicht in die Blase flösse, so vergisst er, dass der *sphincter vesicae* gar kein Interesse hat, sich zu öffnen und den Samen einzulassen. Ein Offenstehn der Harnröhre endlich ist für die Entleerung des Samens gar nicht nöthig, da die tägliche Erfahrung lehrt, dass der Harn den Kanal mit Leichtigkeit öffnet und ausfliesst. Wenn Kobelt die Gefässschicht der *pars membranacea* als *corpus cavernosum* bezeichnete, so geschah dies in der Absicht, um diesem Theile der Harnröhre die Fähigkeit zu vindiciren, mit Hülfe des Schwellkörpers zu klaffen. Da diese Ansicht unhaltbar ist, ist auch jene unzutreffende Benennung zu verwerfen. Das Gefässnetz der *pars membranacea* und *prostatica* verhält sich zu dem *corpus cavernosum penis* und *urethrae* ungefähr wie das Gefässnetz der Schneider'schen Haut an der Nasenscheidewand zu dem Venengeflechte auf den Muscheln. Ersteres ist ein reiches Capillarnetz von grossem Kaliber, letzteres ein wahres Schwellgewebe, ein *corpus cavernosum*

Die Richtung des Venenconvolutes, welches die *corpora cavernosa urethrae* darstellt, ist vorzugsweise von vorne nach hinten gewendet. Zum Theil kann man dies schon an den oberflächlichen, bei getrockneten Präparaten deutlich hervortretenden Windungen sehen. Am besten aber zeigt es sich, wenn man den Longitudinaldurchschnitt eines mit Cacaobutter injicirten Präparates durch Terpenthinöl auszuwaschen anfängt. Nach vollendetem Auswaschen verwirrt wieder der grosse Reichthum des geöffneten Maschengewebes das Bild. Nach Kobelt soll diese Richtung der Gefässe am besten im Pferdepenis zu sehen sein. Uebrigens findet sich die vorherrschende Longitudinalrichtung mehr im vorderen und mittleren Theile des *corpus cavernosum urethrae*, während im hinteren und im Bulbus selbst die Maschen fast ganz unregelmässig, rundlicheckig, nicht langgestreckt sind.

Das *corpus cavernosum urethrae* geht vorn in das Schwammgewebe der Eichel über. Seine fibröse Hülle dringt aber nur so weit in die Eichel vor, als die *corpora cavernosa penis* selbst; unten dringt sie selbstständig eine Strecke weit in die Eichel vor und verliert sich dann. Tab. I. z.

---

*) Wollustorgane p. 13.

Die *corpora cavernosa penis* zeigen in ihrem Innern, der Axe zunächst, ein Maschengewebe, welches keine vorherrschende Richtung nach irgend einer Seite erkennen lässt. An der cylindrischen Wandung dagegen, wo die Hohlräume ein viel kleineres Lumen annehmen, als in der Mitte der Körper, stellt sich eine vorherrschend transversale Richtung heraus. Bei gut gelungenen Injectionen sieht man, wenn die Weichtheile bis auf die fibröse Haut rein entfernt waren, nach dem Trocknen des Präparates den Verlauf der Venenconvolute deutlich durchschimmern und erkennt, dass die Hauptrichtung quer auf der Längenaxe des Gliedes steht. In Entfernungen von ein paar Linien machen sich auch leichte, querlaufende Einschnürungen bemerklich, die von *septulis fibrosis* herrühren, von welchen den Venenconvoluten ihre Lage angewiesen wird. Diese Anordnung findet sich nicht allein im äusseren Umfange der cavernösen Körper, sondern auch an dem Septum. Man kann dies darstellen, wenn man mit Cacaobutter injicirte *corpora cavernosa* der Länge nach nahe dem Septum durchschneidet und die Masse mittelst Terpenthinöls oder Aethers auswäscht. Dabei wird deutlich, wie die querlaufenden Convolute sich allmälig in einzelne feine Ausführungsvenen ergiessen, die schliesslich in der Basis des Septum die fibröse Haut durchbohren und in den Raum gelangen, welcher in der Rinne der *corpora cavernosa penis*, zwischen diesen und dem *corpus cavernosum urethrae* zur ersten Aufnahme der rückführenden Gefässe bestimmt ist. Hier vereinigen sich die kleinen ausführenden Venen der drei cavernösen Körper und gehen als grössere Stämmchen, quer um die äussere Seite des Gliedes herumlaufend, zur *vena dorsalis penis*. Man könnte diese constanten Venen als *venae circumflexae penis* bezeichnen. Nahe vor der *symphysis pubis* ist eine solche *vena circumflexa*, meistens grösser als die übrigen, constant vorhanden, welche sich mit den *venae dorsales subcutaneae penis* verbindet und so aus dem hinteren Theile der *corpora cavernosa penis* und besonders *urethrae* direct zu der *v. saphena magna* leitet. Sie könnte *circumflexa superficialis* heissen.

Die beiden *corpora cavernosa penis* stehen unter einander in inniger und ausgebreiteter Verbindung. In der hinteren und mittleren Partie, wo das Septum eine vollständige Scheidewand bildet, vermitteln nur einzelne durchdringende Gefässe die Gemeinschaft. Im vorderen Theile des Gliedes, wo das Septum unvollständig und stellenweise fehlend ist, ist die Communication ganz frei. Zwischen Eichel und cavernösen Körpern des Penis habe ich keine directe Communication auffinden können. Vergleiche jedoch Kobelt, Wollustorgane p. 5. Die *corpora cavernosa penis* bilden eine Stütze dieses weicheren Schwellgewebes der Eichel, indem sie, conisch zugespitzt, in die Basis desselben eindringen. Ihre kegelförmige Verjüngung geschieht nicht allein von oben nach unten, sondern auch seitlich, so dass sie, die bis dahin im Septum genau an einander grenzten, nun in zwei kurzen abgerundeten Spitzen gegen die Eichel vorragen. Auf dem Rücken des Penis bildet die Albuginea durch stärkere Entwickelung in der Rinne der beiden *corpora cavernosa penis* eine kräftige Verbindung beider Körper, gerade wie die Biese eines Doppelgewehres. Dies Verbindungsglied tritt vorn, wo die beiden Spitzen der Körper schon conisch aus einander gehen, etwas weiter vor, bleibt stark sehnig und bildet das, was man wohl als Knorpel der Eichel beschrieben findet. Auf Tab. I ist diese Verlängerung nicht zu sehen, da der Schnitt nicht ganz die Mittellinie erreicht. Auf Tab. III. Fig. IV. a. zeigt es sich im Durchschnitte von hinten gesehen.

Da wir gerade von den Schwellkörpern des Penis handeln und später ihr Verhältniss bei der Erection besprechen müssen, mag hier der Ort sein, Einiges über die nächsten Abzugskanäle dieser Körper zu sagen. Wenn man zu erfahren wünscht, auf welchem Wege sich die Körper am leichtesten des enthaltenen Blutes entledigen, so geschieht dies am besten durch Injectionsversuche oder Aufblasen mit Luft. Zu Injectionen verwendete ich vorzüglich Cacaobutter, da sie bei 30° R. fliesst und nach geringer Erwärmung der Präparate vortrefflich eindringt. Ich gewann folgende Resultate.

Die *corpora cavernosa penis* stehen mit dem übrigen Schwellgewebe nur in geringem Zusammenhange und haben einen schwierigen Abfluss. — Befestigt man in ein *corpus cavernosum penis* einen Tubulus genau, so lässt sich dieser Theil stark aufblasen und collabirt nur langsam. Aus den Venen der Beckenhöhle dringt entweder keine oder wenig Luft während starken Einblasens. Injicirt man Masse, so füllen sich die cavernösen Körper des Penis sehr vollständig, und selbst bei starkem Drucke dringt nicht leicht Masse in die Venen der Beckenhöhle, ja selbst selten in die *venae circumflexae penis*. Doch habe ich diese zuweilen schwach angefüllt gefunden. Hat man das *corpus cavernosum penis* zuerst z. B. mit gelber Masse unter sehr kräftigem Drucke injicirt und spritzt nachher das *corpus cavernosum urethrae* mit rother Masse aus, so findet man gewöhnlich alle *venae circumflexae* von ihren feineren Ursprüngen an so wie die *v. dorsalis penis* u. s. w. roth.

Umgekehrt ist auch der Schwellkörper der Ruthe schwer durch Vermittlung des *corpus cavernosum urethrae* anzufüllen. Setzt man in die *vena dorsalis* einen Tubulus nach vorn hin ein (und unterbindet natürlich die Oeffnung des hinteren Theils der besagten Vene), so findet die eingeblasene Luft sehr leicht ihren Weg in die Eichel und das *corpus cavernosum urethrae*. Die *corpora cavernosa penis* lassen sich aber nur bei nachhaltiger Anstrengung und wenn man die *vena dorsalis penis* an der Wurzel des Gliedes comprimirt auf diesem Wege aufblasen. Freilich behalten sie dann auch die Luft, während die anderen Theile nach Aufhören des Einblasens leicht collabiren. Hieraus scheint mir hervorzugehen, dass die *corpora cavernosa penis* aus ihrer Verbindung mit den *corpora cavernosa urethrae* und der *vena dorsalis penis* leichter Blut aufnehmen, als dahin abgeben; denn die Aufnahme erfolgt doch, wenn auch schwierig, die Abgabe aber fast gar nicht.

Die Eichel steht mit dem *corpus cavernosum urethrae* im genauesten Zusammenhange und kann ihren Blutreichthum auf diesem Wege ohne Schwierigkeit los werden. Dennoch scheint es mir, als ob sie leichter Blut daher bekommen, als dahin wieder abgeben kann. Setzt man nämlich einen Tubulus direct in die Eichel ein und umnäht ihn genau, so dringt die Injectionsmasse, nachdem sie die Eichel gefüllt hat, nicht ganz leicht im *corpus cavernosum urethrae* rückwärts. Dagegen füllen sich sehr bald die nicht unbedeutenden *venae subcutanae penis* strotzend an. Ich habe Präparate gehabt, wo auf diesem Wege ein Theil der *v. saphena magna* und der *iliaca externa* injicirt war, ohne dass das *corpus cavernosum urethrae* auch nur einigermassen gut gefüllt war; der Bulbus hatte gar nicht einmal Masse bekommen.

Den leichteren Ausgang finden somit die Venen der Eichel zu den subcutanen Dorsalvenen des Penis.

Das *corpus cavernosum* der Harnröhre hat eine solche Menge leicht durchgängiger Abzugskanäle, dass es sich gar nicht dauernd aufblasen oder injiciren lässt, wenn man diese Venen nicht in der Beckenhöhle unterbindet. Doch wird der Abfluss schon sehr erschwert, wenn man nur die Dorsalvene an der Wurzel des Gliedes comprimirt. Auf diesen Punkt muss ich noch später zurückkommen.

DIE FASCIEN

DES

KLEINEN BECKENS UND DER UNTEREN BECKENAPERTUR.

Die Beschreibung der Fascien gehört zu den schwierigsten Aufgaben, einestheils weil es sehr schwer ist, in Worten ein Bild von der Lage der verschiedenen Flächen zu geben, anderentheils weil die Präparation der Fascien immer zu mancherlei Willkührlichkeiten Veranlassung giebt. Ueber diejenigen Stellen, wo die Fascien in ausgezeichneter Stärke vorhanden sind, entstehen selten wesentliche Meinungsverschiedenheiten. Wo sie aber dünner werden, sich theilen, in zellstoffreiche Gegenden gelangen u. s. w., da sieht man sich beim Präpariren auf einmal in der Lage, statt einer mehrere Lamellen zu verfolgen, eine zarte Zellstoffhaut als die Fortsetzung der Fascie zu betrachten oder über die Grenze irre zu werden, wo man die Fascien aufhören lassen soll.

Dies scheinen mir die Gründe zu sein, weshalb in diesen Beschreibungen manche Meinungsverschiedenheiten obwalten. Wenn ich in dem Nachfolgenden eine Beschreibung der Hauptzüge der Beckenfascien zu geben versuche, so bescheide ich mich damit, es so wiedergegeben zu haben, wie es sich mir darstellte, ohne behaupten zu wollen, dass die Präparationsmethode ohne Einfluss auf die Darstellung geblieben sei.

Die *fascia pelvis* ist eine Zellstoffmembran, welche, nach oben mit der *fascia transversalis* zusammenhängend, die im kleinen Becken belegenen Theile von der Grenze des Peritonäalüberzuges bis zur oberen inneren Fläche des *musc. levator intestini recti* sämmtlich bekleidet.

Betrachten wir die Lage dieser Fascie zunächst auf unserem Longitudinaldurchschnitte Tab. I, so zeigt sie sich folgendermassen.

Von der Stelle, wo sich die *fascia transversalis* T an den oberen Umfang der *symphysis pubis* anheftet, geht eine dünne membranöse Bekleidung m an der hinteren Wand der Symphyse herab, wird an der Anheftungsstelle des *ligamentum puboprostaticum medium* stärker und geht auf dem Rücken dieses Ligamentes zur vorderen Blasenwand über, m, bekleidet dieselbe und steigt wieder mit dem *urachus* zur *fascia transversalis* der vorderen Bauchwand empor.

An der hinteren Seite der Blase, zwischen ihr und dem Mastdarm, zeigt sich die *fascia pelvis* wieder als Bekleidung der daselbst liegenden Organe, und zwar in mehreren Duplicaturen. Zunächst bekleidet sie die hintere Blasenwand zwischen dem Peritonäalüberzuge und der Prostata so, dass sie zwischen der Basis der Prostata und der Longitudinalmuskelschicht der Blase Tab. I. n eindringt und von da gegen die obere Fläche der Samenblasen und der *vasa deferentia* zurückkehrt. Die beiden letztgenannten Theile werden darauf in eine vollkommene Kapsel der *fascia pelvis* eingeschlossen, ein Verhalten, welches sich natürlich an einem Durchschnitte in der Mittellinie nur sehr unvollkommen zeigt. In dem Raume zwischen Blase und Mastdarm laufen ausserdem noch zwei stärkere Blätter abwärts, eines genau der vorderen Mastdarmfläche angeheftet, von der Bauchfellbekleidung abwärts bis gegen die Spitze der Prostata hin, welcher es sich innig inserirt, ein anderes, dem *tentorium vesicularum seminalium* anliegend bis zum hinteren scharfen Rande der Prostata, woselbst es auf die Prostata übergeht. An der oberen und vorderen Fläche dieses starken Blattes habe ich regelmässig eine Lage unwillkührlicher Muskelfasern gefunden, weshalb ich diese Stelle auch in der Zeichnung mit leicht rother Farbe versehen habe.

Die bisher beschriebenen Membranen sind auf den Zeichnungen etwas derber wiedergegeben, als sie in Wirklichkeit sind, und treten, durch die blaue Farbe noch marquirt, weit stärker in die Augen, als am Präparate. Es war dies aber nöthig, damit sie in der Zeichnung nicht ganz übersehen wurden.

Im weiblichen Becken findet sich die *fascia pelvis* auf dem Durchschnitte an der vorderen Blasenwand ganz wie beim Manne. Hinter der Blase fehlen freilich die starken Blätter, welche beim Manne die Samenblasen und die Prostata umfassen. Dagegen findet sich eine mässig starke Ausbreitung, welche zwischen Blase und Scheide 10 ''' weit Tab. II. n und eine andere zwischen Hinterwand der Scheide und Vorderwand des Mastdarms, Tab. II. n', welche 20 ''' weit herabsteigt. An der Hinterwand des Mastdarms, in dem Raume zwischen ihm, der oberen Fläche des hintersten Theiles des *levator ani* und dem *os sacrum* habe ich auf den Tafeln keine *fascia pelvis* angedeutet, nicht weil sie da fehlt, sondern weil ich da mich nicht zurecht finden konnte. Ich bezweifle nicht, dass die Membran auch diesen Raum wie die anderen auskleiden wird, aber daneben kleiden ihn eine so grosse Anzahl starker Zellstoffmembranen aus, dass ich bezweifeln musste, die rechte zu finden, weshalb ich die Zeichnung nicht durch eine idealisirte *fascia pelvis* veruntreuen mochte. Auf dem *musc. levator* ist sie immer noch deutlich zu verfolgen, aber am Mastdarm und Kreuzbein empor nicht.

Die Ausbreitung in der Mittellinie, welche ich bis dahin beschrieben habe, ist der stärkste Theil der *fascia pelvis*, die *arcus tendinei* ausgenommen, wo die Fascie durch die sehnigen Ursprünge des *musc. levator* so bedeutend verstärkt wird. Von der Mittellinie aus geht sie nach beiden Seiten zur vollständigen Bekleidung des oben bezeichneten Raumes. Vorn folgt sie den Knochen, überzieht den oberen Rand des *musc. obturatorius internus*, dann die innere obere Fläche des Levator, der sich zwischen sie und den Obturator einschiebt. Sie bekleidet das *ligamentum puboprostaticum medium* und *laterale* von oben her, die bauchfellfreie Wand der Blase vorn und seitlich, überzieht die starken Venengeflechte, welche am Ureter emporsteigen, gelangt so zur hinteren Blasenwand und zu den Samenblasen, zur Prostata und vorderen Mastdarmwand.

Während die *fascia pelvis* auf diese Weise den ganzen Boden der Beckenhöhle von oben her überkleidet, trägt sie zur Befestigung des Beckenausganges und zur Sicherstellung der Lage der enthaltenen Theile wesentlich bei. Sie wird zu diesem Zwecke unterstützt von einer anderen sehnigen Ausbreitung, welche stellenweise mit ihr verbunden, grösstentheils aber von ihr durch den *musc. levator intestini recti* getrennt ist. Es ist die *fascia perinaei*, auf deren tiefere Blätter wir hier vorzugsweise Rücksicht zu nehmen haben. So weit diese Fascie die Muskeln begleitet, die untere Fläche des *levator intestini recti* und die innere des unteren Theils des *musc. obturator internus* überzieht, ist ihr Verlauf sehr einfach. Es ist nur eine Stelle, welche für die Präparation und demzufolge für die Beschreibung sehr schwierig ist, der Raum, welcher zwischen den beiden inneren Enden des *musc. levator intestini recti* übrig bleibt. In dieser Lücke liegt die Prostata und der mächtige *plexus venosus Santorini*. Hier stossen *fascia pelvis* und *perinaei* zusammen, hier bilden sie starke Befestigungsbänder für die Prostata und Blase, hier ist schwer zu entscheiden, was zu dem einen oder dem anderen Theile gehört. Hier beginnen auch die Meinungsverschiedenheiten.

Ich abstrahire von dem oberflächlichen Blatte der *fascia perinaei* und fasse vorzüglich die oben bezeichnete Stelle ins Auge.

Bei der Freilegung des dreieckigen Raumes zwischen den *rami descendentes ossium pubis* stösst man von unten her alsbald auf einen starken sehnigen Rahmen, der scheinbar vom *ligamentum arcuatum inferius* beginnend und fest an die inneren Flächen der absteigenden Schambeinäste angeheftet bis zum *musc. transversus perinaei profundus* rückwärts geht. Es ist dies das *ligamentum interosseum pubis* (Winslow), *ligamentum perineale* s. *aponeurosis perinealis* (Carcassonne, Bouvier, Velpeau, Paillard), *ligamentum triangulare urethrae* (Colles). Wir wollen die Benennung *aponeurosis perinealis* vorläufig festhalten. Der *musc. transversus perinaei profundus* ist zum Theil in diese Aponeurose eingewebt.

Präparirt man von der Beckenhöhle aus den *musc. levator intestini recti* frei und löst ihn von seiner mittelbaren Befestigung an der Prostata ab, so dass deren seitliche Gegend nach der Tiefe zu frei wird, so sieht man, wie das *ligamentum puboprostaticum laterale* sich nach unten und hinten hin fortsetzt, neben dem inneren Rande des abgelösten Muskels in die Tiefe steigt und sich neben dem unteren Rande des *musc. obturator internus* an die innere Fläche des absteigenden Schambeinastes ansetzt. Nach hinten reicht dies Ligament bis zum *musc. transversus perinaei profundus*, durch dessen Vermittlung es mit der *aponeurosis perinealis* unter einem spitzen Winkel zusammenfliesst.

Wir haben hier also zwei starke aponeurotische Blätter, welche in der Gegend der Verbindungsstelle zwischen Scham- und Sitzbein nahe über einander liegen und durch den *musc. transversus perinaei profundus* so verbunden werden, dass derselbe mit seiner unteren Fläche dem einen, mit seiner oberen dem anderen Blatte eingewebt ist. Nach vorn zu geht nun das untere Blatt, die *aponeurosis perinealis*, in fast horizontaler Richtung, dem *labium internum* des *angulus anterior* des Schambeinastes angeheftet, gegen das *ligamentum arcuatum inferius* zu, fasst den oberen Rand des freien Theils des *bulbus urethrae* ein und trifft die *pars membranacea* der Harnröhre unter fast rechtem Winkel. Das obere Blatt geht, der inneren Fläche des absteigenden Schambeinastes angeheftet, nach vorn, steigt dann, dem Rande des *foramen ovale* näher, empor und setzt sich als *ligamentum puboprostaticum laterale* an die hintere Fläche der Schambeine neben der Symphyse fest. Nach der Mittellinie zu geht es auf die Seitentheile der Prostata über und bekleidet dieselbe so wie den *plexus venosus Santorini*. Die Lage dieses Blattes ist also nicht horizontal, sondern vielmehr doppelt aufsteigend, insofern es einmal nach der Längenrichtung am Schambeinaste, dann aber auch nach der Mitte zu gegen den Rand und die obere Fläche der Prostata aufsteigt.

Durch diese Richtungsverschiedenheit entsteht zwischen beiden Blättern ein dreieckiger Raum, welcher vorn viel geräumiger ist, als hinten. In diesem Raume verlaufen am absteigenden Schambeinaste die *arteria* und der *nervus dorsalis penis* so wie eine starke *vena pudenda*. Im vordersten Theile des Raumes liegen ausserdem zwischen *pars membranacea* und *ligamentum puboprostaticum laterale* der grösste Theil der vom *plexus venosus Santorini* zum *plexus vesicalis* überführenden Venen.

Ich habe das zweite Blatt bis hierher kurzweg als *ligamentum puboprostaticum laterale* bezeichnet. Darüber ist eine Verständigung nöthig. Der vordere Theil dieses Blattes zwischen hinterer Wand der Schambeinverbindung und seitlichem Rande der Prostata ist immer als *ligamentum puboprostaticum laterale* bezeichnet. Der weitere Verlauf dieses Blattes bis zum *labium internum**) des absteigenden Schambeinastes und rückwärts bis zum *musc.*

---

*) Ich werde, weil diese Bezeichnung sich oft wiederholt, durch *labium internum* und *externum* die beiden Lefzen des breiten vorderen Randes bezeichnen. Der scharfe hintere, dem *foramen ovale* zugewendete Rand heisst *margo posterior*. Die Fläche zwischen *margo posterior* und *labium internum* ist die innere Fläche.

transversus perinaei profundus war früher nicht so beachtet. Müller führte diesen Theil unter dem Namen *ligamentum ischioprostaticum* ein. Gegen diesen Namen ist nichts einzuwenden, nur scheint es mir einfacher und anschaulicher zu sein, wenn man den Namen *lig. puboprostaticum laterale* für die ganze im genauesten und ununterbrochenen Zusammenhange stehende Fascie beibehält, da dann eine künstliche Trennung weniger vorhanden ist. Müller scheint den besprochenen Theil, sein *lig. ischioprostaticum*, nicht in dem vollen und ununterbrochenen Zusammenhange mit dem vorderen Theile, dem bisherigen *lig. puboprostaticum*, präparirt zu haben. Seine Abbildung*) giebt das Bild eines isolirten runden Ligamentes. In der Art habe ich es nie finden können. Im Gegentheil finde ich eine ganz gleichmässige Aponeurose, welche von der inneren Fläche des absteigenden Schambeinastes bis aufwärts zur hinteren Wand der Schambeinverbindung und nach der Mittellinie zur Prostata und über dieselbe weg zu derselben Ausbreitungsweise auf der anderen Seite fortschreitet. An der vordersten Anheftungsstelle hat man an dieser membranösen Ausbreitung ein paar Zipfel als *ligamenta puboprostatica lateralia* und *medium* bezeichnet. Letzteres kann man beibehalten, ersteren Namen aber füglich auf den ganzen seitlichen Theil übertragen.

Wenn die Frage erhoben wird, zu welcher generellen Fascienausbreitung man die oben beschriebenen Aponeurosen rechnen wolle, so bin ich der Meinung, dass man sie als einen, tief in den Ausschnitt der *levatores ani* hereintretenden Theil der *fascia perinaei* ansehen müsse. Nicht als ob ich die *fascia pelvis* ganz von den *ligg. puboprostatica* ausschliessen wollte. Ich glaube nur, und auf den Durchschnitten zeigt es sich ziemlich klar, dass die *fascia pelvis* als ziemlich dünnes Blatt diese Gegenden bedeckt, dort mit der darunter liegenden, viel stärkeren *fascia perinaei* verwächst, an der Seite der Prostata aber auf die obere Fläche des *musc. levator* übergeht, während das Perinäalblatt neben dem inneren Rande des Muskels in die Tiefe geht. Ich meine, unter dem Schossbogen wird von der *fascia perinaei* ein Zelt gebildet, dessen gewölbtes Dach, hinter der Schambeinverbindung und am absteigenden Schambeinaste angeheftet, hinter und unter sich hat: Prostata, *plexus venosus Santorini*, *pars membranacea*, *musc. urethralis transversus* etc., dessen Boden unter der Spitze der Prostata von der *aponeurosis perinealis* gebildet, den *bulbus urethrae* einfasst und bis zur Eintrittsstelle der *pars membranacea* in die *pars spongiosa* reicht.

Die obere Fläche dieses Zeltes wird noch von der *fascia pelvis* überzogen, aber nicht von derselben gebildet; denn wenn man, wie allgemein geschieht, die *fascia pelvis* zur Seite der Prostata auf die obere Fläche des *m. levator intestini recti* übergehen lässt, so kann sie nicht die Fortsetzung des Ligamentes bis zum Schambeinaste bilden. Und doch ist eine Trennung dieser letzteren Fortsetzung von dem oberen vorderen Theile des *lig. puboprostaticum laterale* sicher unnatürlich.

MUSKELN AM BECKENAUSGANGE.

Gehen wir zunächst zu der Beschreibung derjenigen Muskeln über, welche mit der eben beschriebenen Ausbreitung der *fascia perinaei* in genauer Verbindung stehen, so haben wir vorzugsweise zwei zu nennen, den *musc. transversus perinaei profundus* und den *urethralis transversus* (Krause), *constrictor urethrae membranaceae* (Müller).

---

*) Müller über die organischen Nerven der erectilen männlichen Geschlechtsorgane. Tab. I. Fig. 2.

Trausversus perinaei profundus. Es herrschen über diesen Muskel, seine Lage, sein constantes Vorkommen u. s. w. einige Meinungsverschiedenheiten. Präparirt man von dem Damme aus, so gelangt man, nachdem man das oberflächliche Blatt der *fascia perinaei* mit den darin inserirten *musc. trausversi perinaei superficiales* weggenommen hat, auf querlaufende Muskelbündel, welche von beiden Seiten vom *ramus ascendeus ossis ischii* entspringen und in den Raum zwischen *bulbus urethrae* und *sphiucter ani* eindringen. Die oberflächlicheren Particeen dieses Muskels zeigen allerdings in verschiedenen Leichen ein verschiedenes Verhalten. Oft sind sie stark entwickelt, oft fehlen sie; oft verbinden sie sich mit den vorderen Bündeln des *sphiucter ani*, oft mit den hinteren des *bulbocavernosus*; oft ist ihre Richtung quer, oft mehr vorwärts oder rückwärts gerichtet. Kurz, wenn man von diesen Muskelbündeln eine Charakteristik des *trausversus perinaei profuudus* zu entnehmen sucht, können Meinungsverschiedenheiten nicht ausbleiben. Es gehören aber diese Bündel nicht zu den bedeutenderen des genannten Muskels. Seine grössere und constant vorkommende Partie liegt am freien hinteren Rande der *apoueurosis perinaealis*, theils an, theils in diesem Ligamente. Der Ursprung dieser Partie ist immer am vorderen Theile des aufsteigenden Sitzbeinastes, genau in der Höhe des oberen Randes des *bulbus urethrae* und fast in gleicher Querlinie mit dem hinteren Ende desselben, doch regelmässig so weit zurück, dass die zwischen *m. bulbocavernosus* und *m. sphincter ani* durchsetzenden Fasern einen Bogen nach vorn beschreiben müssen. Die Muskelparticeen sind innig an die *aponeurosis perinealis* geheftet, zum Theil in sie eingewebt und selbst in dem vorderen Theile des genannten Ligamentes, bis zu den Seiten der *pars membrauacea* hin, erkennt man querlaufende willkührliche Muskelfasern. Diese von dem Perinäum aus freizulegende Oberfläche des Muskels fliesst mit den vor und hinter ihr liegenden Muskelbündeln des *m. bulbocavernosus* und *m. sphincter aui externus* zusammen; die mittlere Partie des Muskels setzt quer durch.

Die obere Fläche des *m. trausversus perinaei profundus* kann man freilegen, wenn man zwischen Prostata und Mastdarm auf den Grund präparirt, wobei aber einige Zerstörungen unvermeidlich sind und wegen der Zerrung der Theile eine ganz natürliche Ansicht nicht gewonnen werden kann. Bei vorsichtiger Präparation sieht man, wie von der Longitudinalmuskelschicht des Mastdarms und von den vordersten Bündeln des *levator iatestini recti* Fasern bogenförmig in den hinteren Rand und die obere Fläche des *transversus perinaei profundus* übergehen und wie der Muskel quergefasert unter der Spitze der Prostata von der einen Seite zur anderen geht.

Wenn man endlich an einem nach meiner obigen Angabe longitudinal durchschnittenen Becken neben diesen beiden Präparationsmethoden noch von der äusseren Seite der Prostata die vorderen Bündel des Levator ablöst und nöthigenfalls den Levator quer durchschneidet, so gewinnt man Raum, um die, die Harnröhre umgebenden Muskeln von allen Seiten zu präpariren und die Lage derselben, nachdem man die Beckenorgane wieder in ihre normale Stellung gebracht hat, genau zu ermitteln.

Eine solche Untersuchung ergiebt, dass der *musc. transversus perinaei profundus* sehnig und schmal von dem aufsteigenden Sitzbeinaste entspringend gegen die Mittellinie zu immer voluminöser, besonders in der verticalen Richtung dicker wird. Der Muskel ist in der Mitte gegen 3''' dick und füllt den Raum zwischen *aponeurosis perinealis* und Prostataspitze ganz aus. Hinter sich hat er den *sphiucter aui*, vor sich den *m. bulbocavernosus*, doch liegen zwischen ihm und dem letzteren die Cowper'schen Drüsen. Dieselben sind aber so von den Fasern des *transversus perinaei profuudus* umgeben und eingesponnen, dass man eher sagen könnte, sie liegen in seiner Muskelsubstanz. Dass sie, wie Arnold*) angiebt, vom *musc. bulbocavernosus* gedeckt und umgeben würden, habe ich nie gefunden. Man denkt sich den Raum, welchen der *m. transvers. perinaei prof.* in der Mittellinie zwischen der oberen Fläche des *bulbus urethrae*, der Spitze der Prostata und der vorderen Endigung des *levator intestini recti* vor dem Mastdarme auszufüllen hat, gewöhnlich zu gross. Er beträgt kaum 3''' in der Höhe und 5''' von vorn nach hinten; dabei ist zu bedenken, dass ein Theil des Raumes noch von den Cowper'schen Drüsen in Anspruch genommen wird. Nach der angegebenen Präparationsweise sieht man, dass in diesem Raume ausser dem *transversus perinaei profundus* kein anderer Muskel mehr verläuft, ausgenommen die ebengenannten vordersten Bündel des *levator intestini recti*.

Wenn Müller vorschlägt, die obere Partie des *m. transversus perinaei profundus* zu trennen und als *transversus bulbi* zu bezeichnen, so kann darunter nur die ganze, zuletzt beschriebene Partie verstanden sein. Dann blieben unter dem Namen *m. transversus perinaei profundus* nur die mehr zerstreut und weniger constant vorkommenden Bündel, welche zwischen *bulbus urethrae* und *sphincter ani* mehr oberflächlich und der *aponeurosis perinealis* weniger adhärirend durchsetzen, sich mit den Fasern des *bulbocavernosus* in dessen hinterem oberen Umfange und mit den Fasern des *sphincter ani externus* am oberen Rande dieses Muskels verbinden, und auch vom aufsteigenden Sitzbeinast weniger mit der *aponeurosis perinealis* als vielmehr selbstständig vom Knochen entspringen. Diese Bündel, die man bei der Präparation vom Perinäum aus immer vorzugsweise sieht, haben die Verwirrung in die Beschreibung gebracht. Ich möchte sie nicht von dem *m. transversus perinaei profundus* trennen, weil eine solche Trennung eine zu grosse Künstlichkeit erfordert. Eher möchte ich sie als den variabeln, unwesentlichen Theil des Muskels bezeichnen. Aus Santorins Abbildung geht hervor, dass er bei der Beschreibung seines *musc. ejaculator urinae* die obere (vom Perinäum aus tiefer liegende) sehnige Schicht unseres Muskels vor Augen gehabt hat. Sein Ejaculator ist der *transversus perinaei profundus* der späteren Schriftsteller. Der Muskel ist constant und kräftig. Deshalb glaube ich, dass wir für diese, der *aponeurosis perinealis* angehörige Partie vorzugsweise den Namen des *transversus perinaei profundus* in Anspruch zu nehmen haben. Müller weist derjenigen Muskelpartie, welche er als *transversus bulbi* hervorhebt, sein *ligamentum ischioprostaticum* als Ursprungsstelle an. Dies ist insofern richtig, als der Theil des *ligamentum puboprostaticum laterale*, welchen Müller unter dem obigen Namen abgesondert hat, sich gerade an dieser Stelle an das *labium internum rami pubis et ischii* festsetzt, und sich von hier auf den unteren Theil des *musc. obturator internus* hinaufschlagend der *aponeurosis perinealis* auf ein paar Linien nahe kommt und die obere Fläche des *transversus perinaei profundus* überzieht. Man kann somit den Muskel, je nachdem man ihn von der einen oder anderen Fascie ablöst, als' der *aponeurosis perinealis* oder, wenigstens zum Theil, Müllers *ligamentum ischioprostaticum* anhängend darstellen. Doch ist es mir immer so vorgekommen, als ob letzteres viel künstlicher sei, als ersteres.

Die Lage des *m. transversus perinaei profundus* ist der Flächenausdehnung nach vorzüglich in der Horizontalebene, nur die oberflächlichen Schichten weichen nach hinten und unten von dieser Richtung etwas ab.

Werfen wir einen Blick auf die Wirksamkeit dieses Muskels, und besonders der über dem Bulbus liegenden Schicht, so scheint es, dass sie zu mehrfachem Dienste vorhanden ist.

---

*) Anatomie II. 2. p. 260.

Die Prostata stützt sich von oben auf dieselbe und wird dadurch getragen an einer Stelle, wo die *levatores ani* sie nicht mehr umfassen. Die Cowper'schen Drüsen liegen zwischen den Bündeln dieses Muskels und können durch denselben comprimirt werden. Der *bulbus ure- thrae* liegt von unten her gegen diese Muskeln und die feste *aponeurosis perinealis* an. Wenn der Bulbus bei vermehrter Blutanfüllung anschwillt und die Fascie, gespannt durch den *trans- versus perinaei profundus*, nicht Raum giebt, so muss dadurch die Erection des Gliedes beför- dert werden. Wir sehen auf dem Durchschnitte Tab. I, wie der *bulbus urethrae* gleichsam hebelartig nach hinten vortritt. Würde man von oben her auf die obere Fläche des Bulbus drücken, so würde sich die Spitze des Penis heben. Denselben Dienst leistet passiv eine feste Ebene, gegen welche der Bulbus anschwillt. Sie weicht nicht aus nach aufwärts, des- halb muss der Bulbus nach unten ausweichen und sich die Spitze des Gliedes nach oben heben. So leistet die gespannte Fascie wenigstens eine Mithülfe bei der Erection und der *musc. transversus perinaei profundus* einen nicht unwesentlichen Dienst als *tensor aponeuro- sis perinealis*.

Wenn man aber den oberen und vorderen Theil des *m. transversus perinaei profun- dus* als *constrictor* oder *sphincter isthmi urethrae* bezeichnet hat, so kann ihm eine solche Bedeutung nur sehr bedingungsweise und passiv zugeschrieben werden. Ein Muskel, der an der hinteren Seite der Harnröhre verläuft, kann dieselbe nur dann comprimiren, wenn seine Fasern nach vorn concav verlaufen, — wenn sein Ursprung mehr nach vorn liegt, als seine Insertion hinter der Harnröhre. Hier aber findet sich das Gegentheil; die Fasern laufen im Allgemeinen quer und ein wenig von hinten nach vorn gerichtet, so dass die *pars membra- nacea* eher durch dieselben etwas rückwärts gezogen als comprimirt werden könnte. Passiv dagegen ist ihre Wirksamkeit von Belang, indem sie eine Hinterlage hinter der *pars mem- branacea* bilden, gegen welche der *m. urethralis transversus*, von dem ich gleich reden werde, die Harnröhre anpressen kann. Fasern des *m. transversus perinaei*, welche gewölbt, concav hinter der Harnröhre verliefen, habe ich, so lange ich die Theile in ihrer unveränderten Lage untersuchte, nie finden können, und bezweifle deshalb das Vorhandensein eines solchen Stra- tum des *m. transversus perinaei profundus*, wie es Müller unter dem Namen *stratum infe- rius constrictoris isthmi urethrae* eingeführt hat.

    Musc. urethralis transversus, Krause; *constrictoris isthmi urethrae stratum supe- rius*, Müller.

    Dieser Muskel ist mit dem eben beschriebenen in seinen Ursprüngen zum Theil so genau verbunden, dass man geneigt sein könnte, ihn nicht von demselben zu trennen, son- dern zu sagen, es sind Fasern, welche bogenförmig vor der Harnröhre hergehen, während die eben beschriebenen hinter derselben verlaufen. Dennoch lässt sich hier eine Trennung nicht allein rechtfertigen, sondern fast gar nicht vermeiden. Einestheils entspringen die vor- dersten Particeen dieses Muskels in der That ganz unabhängig und abgesondert vom *musc. transversus perinaei profundus* und erstrecken sich an der vorderen Seite der Harnröhre viel weiter nach unten und vorn, als der letztere auf der hinteren Seite herabsteigen kann. An- derntheils ist die Function beider Muskelparticeen, insoweit man sie auf die Harnröhre beziehen muss, eine ganz verschiedene; und darin scheint mir immer die Hauptberechtigung zu liegen, Muskeln zu unterscheiden, selbst wenn man sie anatomisch nicht ganz sauber von einander zu trennen vermag. Der *urethralis transversus* entspringt in seinen hinteren oberen Partieen mit dem *transversus perinaei profundus* verwachsen von den Seitenhälften der *aponeurosis perinealis* nahe am *labium internum* des Sitz- und Schambeinastes; weiter nach unten und vorn, wo der *transversus perinaei profundus* schon aufgehört hat, hinter dem *ligamentum arcuatum inferius*, entspringt er beiderseits direct vom *labium internum* des absteigenden Schambeinastes; noch weiter nach vorn (denn er tritt unter dem Schambogen bis zwischen die *crura penis* hervor, Tab. I. *β*.) entspringt er von der sehnigen Ausbreitung zwischen den *crura penis*. Alle diese Fasern gehen in einem ziemlich starken Bogen sattelförmig vor der *pars membranacea* von einer Seite zur anderen. Die Krümmung der vorderen Fasern ist weniger bedeutend; nach hinten nimmt die Krümmung, wegen des verhältnissmässig entfernteren Ursprunges des Muskels, bedeutend zu.

Müller lässt den hinteren Theil des Muskels von dem *ligamentum ischioprostaticum* entspringen. Dies verhält sich ebenso, wie ich es in Bezug auf sein *stratum inferius constrictoris isthmi urethrae*, unseren *transversus perinaei profundus*, angegeben habe. Die Fascie bedeckt den Muskel von aussen und oben, er adhärirt ihr; ebenso entspringt er aber unten und hinten, verwachsen mit dem *transversus perinaei profundus*, von der *aponeurosis perinealis*. Die Meinungsverschiedenheit gründet sich auf verschiedener Präparationsmethode.

Die Wirkung des Muskels ist auf den ersten Blick klar. Er comprimirt die Harnröhre von vorn nach hinten und drückt sie gegen die feste Widerlage, welche die *aponeurosis perinealis* mit Hülfe des *transversus perinaei profundus* hinter der *pars membranacea* bildet.

Der Harnröhre zunächst liegt eine reine Circularschicht von Muskelfasern, also zwischen den beiden abgehandelten Muskeln, mit denen sie allerdings verwächst. Man kann sich von diesem Verhalten am besten überzeugen, wenn man feine Querdurchschnitte mikroskopisch untersucht. *Stratum circulare* Müller. Krause.

Ich habe oben, p. 30, eines Stratums willkührlicher Muskelfasern in der vorderen Wand der Prostata Erwähnung gethan und als *sphincter urethrae prostaticae* beschrieben. Schon dort sagte ich, dass die vordere Partie dieser Muskelfasern mit dem hinteren oberen Ende des *m. urethralis transversus* zusammenhänge, dass man sie aber davon werde trennen müssen. Die Gründe dafür entnehme ich aus Folgendem. Der *m. urethralis transversus* entspringt seitlich entweder direct oder vermittelt durch die Fascien von den Beckenknochen und geht bogenförmig vor der Harnröhre und Prostataspitze her. Weiter rückwärts lassen sich keine Bündel auffinden, welche ihren Ursprung von festen Punkten neben der Prostata ableiteten. Die weiter rückwärts liegenden Quermuskelschichten liegen nur in der Substanz der Prostata und können nur eine Veränderung in ihrer Grösse oder Ausdehnung hervorbringen, während die Muskelfasern des *urethralis transversus* bei ihrer Wirkung die Lage der Harnröhre zum Becken verändern. Verschiedener Ursprung und verschiedene Wirkung sind die Gründe der Trennung, obwohl die Grenze zwischen beiden Muskelpartieen schwer festzustellen ist.

Wir wollen jetzt zu einigen anderen Muskeln der Dammgegend übergehen.

Transversus perinaei superficialis und *erector accessorius*.

Ich habe über den *transversus perinaei superficialis* nichts zu bemerken, was nicht bekannt wäre, nur möchte ich auf ein Bündel aufmerksam machen, welches gewiss von den Meisten zu diesem veränderlichen oberflächlichen Quermuskel des Dammes gerechnet und deshalb von den meisten Schriftstellern nicht besonders bezeichnet wird. Es scheint mir nicht füglich damit zusammengeworfen werden zu können und, wenn es im Allgemeinen so häufig vorkommt, wie es mir, vielleicht zufällig, begegnet ist, einige Berücksichtigung zu verdienen.

6 *

Der fragliche Muskel findet sich abgebildet in *Santorini septemdecim tabulae*, Tab. XVI. J.*) Girardi ist in Verlegenheit, wie er ihn deuten soll, da er sich weder in Santorins *observationes anatomicae* abgebildet findet, noch unter den daselbst gegebenen Beschreibungen unterbringen lässt. Girardi setzt aber hinzu: *huuc musculum semel, atque iterum, aut similem vidisse, aut videre mihi visum fuisse aduotavi; cujus initium cum supra erectores musculos nonnihil ad interiora emergeret, in posteriora bulbi satis manifeste adire videbatur.*

Winslow sagt, nachdem er von dem *ischiocavernosus* gesprochen hat: *J'ai encore démontré deux Muscules Accessoires de ceux-la, et je les regardais alors comme des Accélérateurs latéraux ou comme les Accessoires des Accélérateurs. Ils sont attachés plus bas, et encore en dedans aux Os Ischiou, que les prémiers ou précédeus, et ils les accompaguent à l'Urethre près la bifurcation du Muscle Bulbo-Caveruenx.*

Bei den meisten Anatomen ist dieser Muskel, wenn er überhaupt in den Beschreibungen angedeutet ist, mit dem *trausversus perinaei superficialis* vereinigt. Arnold, Anat. P. II. p. 250, erwähnt einen ähnlichen Muskel beim *transversus perinaei profundus.*

Meine Absicht war, die Aufmerksamkeit auf diesen Muskel zu leiten. Ganz constant ist er gewiss nicht. Ich habe ihn nicht selten vergeblich gesucht, auch wohl auf der einen Seite stark, auf der anderen schwach oder gar nicht entwickelt gefunden. Dennoch habe ich ihn öfter gefunden als vermisst. Dies kann Zufall sein, denn wäre er den Anatomen so häufig unter die Hände gekommen, so würde man ihn neben Winslows Beschreibung nicht so stillschweigend beseitigt haben. Ebenso kann es aber auch anderseits möglich sein, dass man ihn oft gesehen, aber den *trausversis perinaei* beizählen zu müssen geglaubt hat. Die Zukunft wird Material zu der Beurtheilung, ob er als ein mehr oder weniger constanter Muskel zu betrachten sei, bringen.

Wenn seine Existenz als ziemlich constant gefunden werden sollte, so wird man sich über seine Selbstständigkeit leicht vereinigen. Er unterscheidet sich wesentlich von den *transversis perinaei*. Die letztgenannten sind ihrem Charakter nach Tensoren der *fascia perinaei*. Der oberflächliche liegt im oberflächlichen Blatte dieser Fascie; er entspringt selten musculös von dem Sitzbein, sondern meistens vermittelst einer dünnen platten Sehne; diese Sehne ist eben nur die superficielle Perinealfascie. Erst mehr nach der Mitte zu entwickeln sich die Muskelbäuche. Diese verlieren sich seitlich in den Umfang des *sphincter ani externus* und zwischen diesen und den *accelerator*. Der *transversus profuudus* ist oben ausführlich beschrieben. Unser *erector accessorius* dagegen entspringt musculös vom *tuber ischii*, hinter dem *erector penis*, aber mit demselben so genau verbunden, dass sein Muskelbauch jenem innig anliegt und an dessen innerer Seite eine Strecke weit nach vorn verläuft. Dann erst wendet sich der Muskel allmälig zur Mitte, ohne jedoch einen eigentlich queren Verlauf anzunehmen, wie die *trausversi*, und dringt seitlich unter die Muskelfasern des Accelerator ein und heftet sich an den seitlichen Umfang des *corpus caveruosum urethrae*. Die Entfernung dieser Insertionsstelle von dem hinteren freien Ende des Bulbus ist verschieden, meistens $\frac{1}{2}$ bis

---

*) Wie Kobelt, Wollustorgane p. 22, dazu kommt, diese Santorinische Abbildung dieses Muskels auf einen *m. compressor venae dorsalis* zu beziehen, ist mir unerklärlich. Die Zeichnung zeigt ja deutlich genug, dass der Muskel in der Dammgegend und zwar unterhalb der *aponeurosis perinealis* liegt. Noch weniger begreife ich, wie er diesen Muskel J mit dem Objecte, welches Tab. XV, Fig. 3. E. E. abgebildet ist, für ein und dasselbe halten kann. Sicher ist letzteres, wie aus Müller vermuthet, nichts als das sehnige Blatt, welches an der Seite des *levator i. r.* nach unten zum *ramus descendens pubis* und *ascendens ischii* herabsteigt, nach oben mit dem *lig. puboprostaticum laterale* zusammenhängt. Müllers *lig. ischioprostaticum.*

3/4 Zoll; ein Vordringen bis zur Bifurcationsstelle des Accelerator, wie Winslow angiebt, habe ich nicht gesehen.

Die Richtung der Muskeln geht auf diese Weise dem Verlaufe der Sitz - und Schambeinäste ziemlich parallel, nur ein wenig mehr nach innen convergirend. Im Verlaufe vom *tuber ischii* zum Bulbus haben sie eine gering aufsteigende Richtung. Ihre Wirkung muss daher sein, den Bulbus nach hinten und ein wenig nach unten zu ziehen. Ich habe schon oben gesagt, dass dies nach hinten hebelartig vorstehende Ende des Bulbus seine Lagenveränderung in umgekehrter Weise auf den Penis übertragen muss. Herabziehen des Bulbus bewirkt *erectio penis*. Aus diesem Grunde glaubte ich den von Winslow intendirten Namen *Accessoires de ceux-la* (sc. *ischio-caverneux*) mit gutem Rechte beibehalten zu dürfen, da die Muskeln als Comites der *erectores penis* schon *erectores accessorii* genannt werden können und nebenbei in der Bezeichnung *accessorii* eine Andeutung des inconstanten Vorkommens zu grossen Ansprüchen gegenüber gefunden werden mag.

Musculus accelerator und *erector.*

Man hat seit Winslow diese beiden Namen mit *bulbocavernosus* und *ischiocavernosus* vertauscht. Ich bin der Meinung, dass die Namen nur Mittel zur Verständigung sind und einmal bestehende ein historisches Recht für sich haben. Man wird einer überhäuften und verwirrenden Synonymen - Nomenclatur nur entgehen, wenn man diesen Grundsatz anerkennt und den ältesten Namen beibehält, falls er nicht durchaus falsch und schlecht gewählt ist. Dies findet bei den vorliegenden nicht statt, denn der Ischiocavernosus ist wirklich ein Erector des Penis, der Bulbocavernosus wirklich ein Accelerator des Samens und des Urins am Ende des Harnlassens.

Den bekannten anatomischen Beschreibungen dieser Muskeln habe ich nichts beizufügen. In älteren und neueren Werken ist die Beschreibung sehr übereinstimmend und neuerlich besonders detaillirt von Kobelt gegeben. Nur über die äussersten Insertionen der Muskeln herrschen noch einige Meinungsverschiedenheiten. *) Nach der Ansicht der meisten Anatomen endet der *m. erector penis* sehnig in der sehnigen Bekleidung des Penis. Der gewöhnliche Ausdruck ist, er setze sich an das *crus penis* seiner Seite, wonach man also eine Verschmelzung mit der *tunica albuginea* annehmen muss. Wie weit er als selbstständiger Muskel zu betrachten sei, darüber sind die Ansichten verschieden. Den kürzesten Verlauf giebt ihm Weber (Hildebrands Anatomie II. 436. IV. 417), welcher ihn schon an der inneren Seite des *crus penis* enden lässt. Andere lassen ihn bis zum unteren, Andere bis zum äusseren Umfange des *crus penis* gelangen. Der Grund dieser verschiedenen Angaben liegt einfach darin, dass der Muskel in seinem vorderen Theile sehnig wird, sich theilweise der *tunica albuginea* anheftet, theilweise aber in die *fascia penis* übergeht, wo dann bei der Verfolgung einiger Willkühr freier Raum gelassen ist. Wenn man aber auf die Wirksamkeit des Muskels sein Augenmerk richtet, so ist man wohl berechtigt, den Theil der *fascia penis* bei der Beschreibung des Muskels heranzuziehen, mit welchem er sich in Verbindung setzt, und welchen er direct spannt. So lässt Krause durch Vermittelung des hinteren Theils der *fascia*

---

*) Wenn Kobelt, Wollustorgane p. 29, meint, Krause stimme auch in Bezug auf den Ursprung des Erector nicht mit den übrigen Anatomen überein, so beruht dies auf einem Irrthum. Zwar ist der Ausdruck in der von Kobelt citirten Stelle (aus Müllers Archiv) nicht deutlich, aber auch nicht unrichtig. Es steht da ja nicht, er entspringe vom *crus penis*, sondern an der inneren Seite des *crus penis*. Uebrigens konnte Kobelt in beiden Ausgaben von Krause's Anatomie lesen, wie es gemeint war.

penis den Muskel bis zum Rücken des Penis aufsteigen und sich daselbst mit dem der anderen Seite verbinden. Mag man dagegen einwenden, dass dabei ein Theil der *fascia penis* willkührlich als Fortsetzung des Muskels betrachtet werde, so ändert das in der Sache nichts. Man erkennt deutlich, dass die Fascie hier so mit dem Muskel zusammenhängt, dass sie nach unten und hinten, also über den Rücken des Penis, angespannt wird. Mehrere Anatomen haben sich gegen diese Darstellung ausgesprochen. Arnold, Theile, Kobelt. Letzterer lässt sich am ausführlichsten dagegen aus. Doch sind mir seine Einwürfe nicht ganz verständlich.

Er sagt, man betrachte diesen Muskel als einen schmalen, bandförmigen Muskelstreif; Krause stelle ihn beim Menschen und Igel als eine um die Ruthenwurzel gelegte musculös-tendinöse Schlinge dar und sage dabei ausdrücklich, dass man sich seine Wirkung durch ein um diese Stelle gelegtes Band veranschaulichen könne. Er (Kobelt) habe trotz aller Aufmerksamkeit nicht diese Angabe bestätigt gefunden. Auch keiner der älteren Anatomen mache eine ähnliche Angabe. — Handelt es sich hier um die Annahme eines schmalen, bandförmigen Muskelstreifen, so ist zu bemerken, dass Krause nie eine Angabe der Art gemacht hat. Aus den Abbildungen in Müllers Archiv 1837. Tab. II. konnte Kobelt ersehen, dass von keinem schmalen Streifen die Rede war. Die Abbildungen sind in halber natürlicher Grösse, und der Muskel ist 4 1/2 ''' breit dargestellt, bei Reduction auf natürliche Grösse also 9 ''' breit, breiter als er in Kobelts unmässig aufgestrotztem *crus penis* sich darstellt. l. c. Tab. I. Fig. 1. Die Wirkung des Muskels durch die Vergleichung mit einem um die Ruthenwurzel gelegten Bande veranschaulichen — oder den Muskel als einen schmalen bandförmigen betrachten, ist durchaus zweierlei.

Handelt es sich aber um die Angabe, dass der Muskel, vermittelt durch die *fascia penis*, seine Wirksamkeit bis auf das *dorsum penis* und somit auf die *vena dorsalis penis* erstrecken könne, so wird bei vorurtheilsfreier Präparation diese Angabe nur bestätigt werden können. Auch weiss ich nicht, ob Kobelt die Absicht hat, dies in Abrede zu stellen, da er die Insertion des Muskels bei der sonst so sorgfältigen Beschreibung ungenügend angiebt. Man erfährt nicht, ob sich das Sehnenblatt, welches als Terminalpunkt der Muskelportionen beschrieben wird, an die *tunica albuginea* ansetzen soll, oder mit der *fascia penis* zusammenhängt. In letzterem Falle ist die Uebereinstimmung der Ansichten grösser, als Kobelt zuzugeben scheint. Wenn er aber die Autorität älterer Anatomen für die Krause'sche Beschreibung vermisst, so hat er die Angabe von Winslow übersehen. Derselbe sagt (*exposit. anat. trait. du bas-ventre* p. 52): *Les Muscules Ischio-Cavernenx sont situés à côté tout le long des Racines des Corps Caverneux. Chacun d'eux est attaché par un bout très-obliquement à la Lèvre interne de la Branche de l'Os Ischion depuis sa Tuberosité, va accompagner la Racine des Corps Caverneux jusqu'à la Symphyse des Os Pubis; et ensuite s'attache par l'autre bout anx Corps Caverneux attenant leur union; d'où les Fibres de l'un vont se rencontrer avec les Fibres de l'autre, et s'épanouissent réciproquement de côté et d'autre sur les deux Corps Caverneux.*

Sollte Kobelt, wie er Krause vorwirft, auch Winslow zumuthen, dass er hier die Endigung des Accelerator mit der des Erector verwechselt habe, so ist zu bedenken, dass eine solche Verwechselung zwei berühmten Anatomen kaum angesonnen werden kann, da die beiden fraglichen Punkte ziemlich weit aus einander liegen. Uebrigens geht der Accelerator in seiner vorderen Bifurcation auch nur vermittelst der *fascia penis* auf das *dorsum penis* über, und will man seine Endigung daselbst als einen besonderen Sehnenstreifen darstellen, so muss man die *fascia penis* unterminiren, aufheben und zurechtschneiden. Gerade so beim Erector, so dass man, wenn man den einen über das *dorsum penis* weggehen lässt, dasselbe vom andern nicht leugnen kann.

Der wesentliche, die Wirksamkeit beider Muskeln in dieser Hinsicht betreffende Punk ist der, dass sie sich beide zum Theil in die *fascia penis*, welche über den Rücken des Gliedes ausgespannt ist, festsetzen, und also bei der Contraction diesen Theil der Fascie anspannen und dadurch die hinterste Partie des Gliedes comprimiren können. — Auf die Frage, ob diese Contraction die Erection einleite oder vervollständige, ob sie den Rückfluss hemme oder durch rhythmische Wirkung das Blut gegen die vorderen Particen des Gliedes treibe u. s. w., will ich hier nicht weiter eingehen. Ich glaube, dass diese verschiedenen Wirkungsweisen sich gegenseitig nicht ausschliessen, dass sie in verschiedenen Stadien der Erection und Ejaculation neben und nach einander vorkommen, dass aber die einzelnen Hypothesen so lange keine positive Sicherheit in Anspruch nehmen können, als man den Zustand der Muskeln während des Begattungsactes nicht näher zu ermitteln im Stande ist. Was jeder Muskel kann, lässt sich nach physikalischen Principien aus der mechanischen Anordnung der Theile ableiten; was er in der That wirkt, hängt dann natürlich von der erfolgenden oder nicht erfolgenden Zusammenziehung ab. Sind die Muskeln in tonischem Krampfe, wie Krause meint, so werden sie durch Compression den Rückfluss hemmen und, während sie dann bei der Ejaculation von dem tonischen in den clonischen Krampf übergehen, das während der Relaxation einströmende Blut bei der Contraction in die vorderen Theile des Penis einpumpen. Sind sie aber, wie Kobelt meint, bis zum Eintritte des clonischen Krampfes in vollkommener Unthätigkeit, so werden sie nur den letzteren Dienst versehen. Wer hat aber Erfahrungen über diese Zustände der Muskeln aufzuweisen, die eine entscheidende Beantwortung gestatten? Warum soll man nicht annehmen, dass Beides stattfinde, da damit den Muskeln ihre vollste Thätigkeit vindicirt wird? De Graaf, der Erste, welcher über diese Verhältnisse gründlich nachdachte, spricht sich sehr deutlich und einleuchtend in diesem Sinne aus, und seine kurze, vortreffliche Darstellung enthält fast Alles, was man über diese Punkte zu sagen vermag, und was später darüber gesagt ist.

Eine Nebenwirkung des Accelerator ist auch noch die, als *sphincter urethrae* zu dienen. So sehr seine übrigen Wirkungsweisen diese an Wichtigkeit übertreffen mögen, so einseitig würde es doch sein, diese deshalb ganz zu übersehen. Wenn bei drängendem Bedürfnisse zum Harnlassen die willkührlichen Sphinkteren dem *sphincter vesicae* nachdrücklich zu Hülfe kommen müssen, dann zeigt die offenbare Spannung dieses Muskels auch seine thätige Theilnahme. Wenn nach entleertem Urin die Harnröhre wieder zu ihrer Raumlosigkeit zurückkehren soll, schliesst dieser Muskel durch seine Contraction den Theil des Kanals, welcher vorher die meiste Capacität hatte.

Musc. levator intestini recti und Wilson's Muskel.

Seit Santorins Zeit herrscht ein Streben, die vordersten und innersten Particen des Levator von dem übrigen Muskel zu trennen und als einen besonderen Muskel aufzustellen.

Santorin präparirte die vor dem Mastdarm und hinter der Prostata verlaufenden Fasern des Levator von der Dammgegend her und verfolgte sie von da nach oben, wobei er aber keine klare Ansicht bekommen zu haben scheint. Er nennt den Muskel *levator seu adductor prostatae.*

Winslow beschreibt unter dem Namen *prostatique supérieur* nur die allerinnersten

Fasern des Levator, welche sich an den Seitenflächen des *ligamentum puboprostaticum laterale* und vermittelst desselben an der Seitenwand der Prostata anheften. Es sind dies die Fasern, welche vom Schambein, etwa 5''' neben der Symphyse nach aussen entspringen, schräg nach innen zur Prostata gehen, sich ihr aber nur vermittelst der Fascie anheften und ihren Verlauf von da weiter fortsetzen, so dass sich, vor dem Mastdarm und hinter der Prostata verlaufend, die Muskeln beider Seiten vereinigen.

Man kann leicht geneigt sein, die Fasern zwischen *os pubis* und Prostata als ein selbstständiges Muskelbündel zu betrachten, da sie in ihrem Faserverlaufe von den übrigen Bündeln des Levator abweichen, gleichsam gegen die Prostata hin verzogen sind. — So scheint es Winslow aufgefasst zu haben, so nimmt es Velpeau bei seinem *pubo-urethralis*, so Krause und viele Andere.

Albin fügt sich in seiner Beschreibung der Santorinischen mehr an und sagt, dass der *musc. compressor prostatae*, wie er ihn nennt, von Manchen als ein Theil des Levator angesehen werde, er selbst es auch oft so gefunden, oft aber auch ihn ganz getrennt davon gesehen habe.

Später haben dieselben Fasern, welche als *compressor* oder *adductor prostatae* abgedankt wurden, als Wilson'scher Muskel eine Rolle spielen müssen. Ob Wilson diese Fasern bei der Darstellung seines Muskels benutzt hat, oder ob er vielleicht den *urethralis transversus* an dem mittleren Theile des *ligamentum puboprostaticum medium* hat sitzen lassen, um so den gemeinschaftlichen Ursprung eines schlingenförmigen Muskels von der *symphysis pubis* zu gewinnen, vermag ich nicht zu ermitteln. Bei den späteren Anatomen ist es aber der innerste Theil des *levator intestini recti*, der *adductor prostatae* (Santorin) und *compressor prostatae* (Albin), so wie theilweise der *prostatique supérieur* (Winslow), welcher die Rolle des Wilson'schen Muskels (*pubo-urethralis*) spielt.

Es entsteht somit die Frage: Giebt es in dieser Gegend einen besonderen Muskel, der es verdient, durch einen besonderen Namen bezeichnet und von den übrigen geschieden zu werden?

Hierüber entscheiden zwei Punkte. 1) ob sich ein solcher Muskel ohne grosse Künstlichkeit von seiner Umgebung trennen lässt, und 2) ob derselbe sich von den übrigen durch seine Function wesentlich auszeichnet.

Die erste Frage ist eine mehr technische und ihre Beurtheilung unterliegt danach immer mehr oder weniger der subjectiven Ansicht. Wir haben viele Muskeln, deren Trennung von den übrigen so künstlich ist, dass der Lehrer sich eine gewisse Präparationsmethode angewöhnen muss, um nur den Muskel seinen Zuhörern immer in derselben Form vorzuführen. Deshalb wird die Beurtheilung der ersten Frage nie definitiv entscheidend sein.

Ich finde nicht, dass man ohne willkührliche künstliche Trennung eine besondere Muskelpartie an dem innersten vorderen Umfange des *levator intestini recti* absondern kann. Freilich sind Spaltflächen genug vorhanden, welche man zu diesem Ende benutzen kann; aber ich finde jedesmal keinen genügenden Grund, die eine Spaltfläche den anderen vorzuziehen und so den darzustellenden Muskel nach einem gewissen Principe immer gleichmässig zu begrenzen. Müller hat sich bekanntlich sehr entschieden in diesem Sinne verneinend ausgesprochen.

Dagegen sind wichtige Autoritäten, welche das Gegentheil aussagen. Ueberhaupt kann die in verschiedener Form und unter verschiedenen Namen sich immer wiederholende Abscheidung der innersten Fasern des Levator nicht aus der Luft gegriffen sein. Albin hat einen

selbstständigen Verlauf wenigstens so oft gesehen, dass er sich berechtigt hält, ihn zu vertheidigen. Krause sagt, dass dies Bündel meistens von dem übrigen Theile des Afterhebers
ganz oder theilweise abgesondert sei. Viele Andere theilen diese Ansichten.

In Verhältnisse zur zweiten Frage scheint mir aber diese erste von so geringer Bedeutung, dass man sie, wenn so wesentliche Meinungsverschiedenheiten darüber vorliegen,
fast ganz bei Seite setzen kann. Es fragt sich, ob wir ein Muskelbündel hier vor uns haben,
welches einen speciellen, vom übrigen Afterheber verschiedenen, wesentlichen Dienst hat.
Diese Frage kann nur bejaht werden.

Es setzen sich Bündel an die Prostata fest, und wenn ihre Verbindung mit derselben
auch nur durch die Fascie vermittelt wird, so ist sie darum doch eben so innig, als wenn
sie an der Substanz der Prostata selbst erfolgte. Darauf gehen die Fasern, indem sie sich
um und hinter die Prostata wenden, in den Raum zwischen dieser Drüse und dem Mastdarm,
und verbinden sich von beiden Seiten her. Nach hinten verbinden sie sich mit ein paar kleinen Bündeln von der Longitudinalmuskelschicht des Mastdarms; nach vorn gehen sie zu einem
geringen Theil in den hinteren Rand des *transversus perinaei profundus* über.

Ist ein so verlaufender Muskel seiner mechanischen Anordnung nach für den Mastdarm bestimmt? Gewiss nicht! Er kann zwar durch seine hintere Verbindung mit den vorderen Mastdarmumgebungen letzteren nach vorn etwas anziehen. Aber dies ist kaum von
einiger Bedeutung. Viel kräftiger muss er auf die Prostata adducirend wirken, denn diese
liegt gerade vor der Schlinge und wird selbst an der Seite durch die ihr adhärirenden Fasern
gefasst. — Ausserdem wird die Wirkung des *transversus perinaei profundus* durch die ihm
zufliessenden Fasern verstärkt. In neuerer Zeit hat man die Wirkung auf die *pars membranacea* besonders ins Gewicht fallen lassen und geglaubt, der Muskel umfasse diese schlingenförmig, weshalb er als Hülfssphinkter grosse Dienste leisten müsse. Daher der Name *pubo-
urethralis*. Dieser Meinung kann ich nicht beipflichten. Der Muskel kommt gar nicht in die
unmittelbare Nähe der *pars membranacea*. Ich habe schon oben erwähnt, dass das *ligamentum
puboprostaticum laterale* den inneren vorderen Rand des Levator begrenzt und von dem dreieckigen Raume, in welchem die *pars membranacea* die Mitte hält, während die starken Gefäss-
plexus die Seiten einnehmen, vollkommen trennt. Erst wo das *ligamentum puboprostaticum
laterale* hinten, in der Gegend der Verbindungsstelle zwischen *ramus ascendens ossis ischii*
und *descendens ossis pubis*, als Bedeckung der oberen Fläche des *musc. urethralis transversus* endet, bekommt der Muskel Gelegenheit, sich nach der Mittellinie zu wenden. Dieser
Punkt liegt 5''' hinter der *pars membranacea*, und so kann kein directer Einfluss auf dieselbe ausgeübt, sondern nur die Spannung der Fascie und des *transversus perinaei profundus* verstärkt und dadurch eine festere Widerlage für die Wirkung des *urethralis transversus*
gebildet werden. Eine solche naturgetreue Ansicht der gegenseitigen Lage der Theile erhält
man am besten, wenn man an einem Longitudinaldurchschnitte des Beckens ohne Zerrung
und Verschiebung der Organe präparirt. Präparirt man auf die gewöhnliche Weise zwischen
Mastdarm und Prostata in die Tiefe, drängt den Mastdarm zurück und schlägt die Blase nach
vorn über die *symphysis pubis*, so zieht sich die *pars membranacea* allerdings so weit zurück,
dass sie nun vor der Muskelschlinge zu liegen scheint. Dies ist dann aber eine künstliche
Lage, und es wird dies einleuchtend sein, wenn man bedenkt, dass die vorderen Fasern des
Levator unmöglich mehr nach vorn gegen die Mittellinie treten können, als der hintere
Rand des *transversus perinaei profundus*. Und dieser liegt ja schon unter der Spitze der
Prostata.

7

Der Name *pubo-urethralis*, der schon deshalb sein Recht verloren hat, weil er ursprünglich von Wilson für einen Muskel gewählt wurde, der gar nicht existirt, ist daneben unpassend, weil der Muskel zu der Harnröhre nur in ein sehr indirectes Verhältniss tritt. Dagegen ist die Wirkung auf die Prostata viel einflussreicher.

Hinter der Schossbogenfuge treten die hauptsächlichsten rückführenden Venen des Penis in die Beckenhöhle, um theils zu dem *plexus vesicalis*, theils zur *pudenda communis*, theils zur *obturatoria* zu gelangen. Von dem mittleren, zwischen den *ligamenta puboprostaticum medium* und *lateralia* gelegenen *plexus Santorini* wenden sich die rückführenden Venen so zu beiden Seiten, dass der grösste Theil vermittelst des *ligamentum puboprostaticum laterale* der Seite der Prostata angeheftet wird. Die Prostata liegt wie ein Keil hinter dem mittleren und zwischen den beiden seitlichen Venenblutströmungen, und muss, wenn sie nach vorn gegen den Schossbogen angepresst wird, den Rückfluss wesentlich hindern.

Setzt man in die *vena dorsalis penis* einen Tubulus ein, so dass er nach der Eichel gewendet ist, so kann man dadurch mit der grössten Leichtigkeit die *glans* und das *corpus cavernosum urethrae* aufblasen, viel leichter, als wenn man in das Schwellgewebe selbst einsetzt. Zuweilen findet sich in der vorderen Gegend des Penisrückens, 9—12''' hinter der Eichel, eine starke Anastomose zwischen *venae subcutaneae* und *dorsalis penis*. Wenn man diese benutzen kann, gelingt Alles noch viel besser, da man sonst die *vena dorsalis* an zwei Stellen umstechen muss, wodurch der Verschluss zuweilen undicht wird. Bei dem Lufteinblasen sieht und hört man die Luft durch die grossen Beckenvenen entweichen. Hier kann man sich nun durch ein Experiment überzeugen, welchen Einfluss es hat, wenn die Prostata nur mässig gegen die Schambeine angepresst wird. Es hört dabei nämlich alsbald das Luftaustreten aus den Beckenvenen auf und die Eichel und das *corpus cavernosum urethrae* füllen sich viel vollständiger, als vorher. Da jedoch nicht alle Ausgänge hierdurch verschlossen werden können, die Luft vielmehr noch den Ausgang durch die *obturatoria* und *profunda penis* behält, so collabirt das Glied wieder bei nachlassendem Einblasen etwas.

Wenn man sich auf diese Weise überzeugt, dass durch die Adduction der Prostata ein wesentlicher Einfluss auf die Erschwerung des Blutrückflusses ausgeübt wird, da wenigstens zwei Drittheile der Blutbahn dadurch comprimirt werden, und wenn man zugeben muss, dass die Lage der jetzt in Rede stehenden Muskelbündel ganz wie gemacht ist, diese Adduction zu beschaffen, so wird man sich wohl berechtigt fühlen, diese Muskelportion, selbst wenn sie nicht immer kunstgerecht von dem *levator intestini recti* isolirt werden könnte, als besonderen Muskel zu betrachten und zu benennen. Ich glaube, dass man auf keinen zweckmässigeren Namen verfallen könnte, als auf den alten Santorinischen *adductor prostatae*, da er das historische Recht für sich hat und die wesentlichste Wirksamkeit des Muskels ausdrückt.

Man hat darunter die Bündel zu verstehen, welche neben und von dem *ligamentum puboprostaticum laterale* entspringen, sich wenigstens theilweise auf ihrem Wege an die Seiten der Prostata durch das genannte Ligament anheften, dann die Drüse umgehen und vor dem Mastdarm, in der Höhe des *m. transversus perinaei profundus*, sich schlingenförmig vereinigen.

Ueber den *levator intestini recti* und die übrigen Theile am Beckenausgange nur noch ein paar Worte. Rechnen wir den eben beschriebenen *adductor prostatae* ab, so gehen die vordersten Bündel des eigentlichen Levator an die Seitentheile des Mastdarms und dringen zwischen der Longitudinalmuskelschicht und dem *sphincter ani externus* ein. Die folgenden umkreisen den Mastdarm halb und verweben sich auf ähnliche Weise am hinteren Umfange des Mastdarms. Die hinterwärts entspringenden Fasern, bis zur *spina ischii* hin, vereinigen sich, von beiden Seiten kommend, in dem Zwischenraume zwischen Steissbeinspitze und hinterem Rande des *sphincter ani externus* in einer sehnigen Linie, welche sowohl dem Sphinkter als dem Steissbeine fest adhärirt. Diese Partie liegt unter der unteren hinteren Curvatur des Mastdarms und trägt diese von unten her. Der Dienst des Muskels ist einleuchtend. Einmal hebt er bei der Stuhlentleerung den Mastdarm den absteigenden Fäces entgegen. Dann aber ist er besonders wichtig als Obturator des Beckenausganges. Dass dazu ein Muskel, der durch eigene Contraction aus . jeder Lagenveränderung wieder in seine frühere Stellung zurückkehren kann, viel dienlicher ist, als jede andere häutige oder ligamentöse Verschliessung, deren Elasticität nicht so vollkommen sein kann, scheint einleuchtend. Hier ist der sehnige Verschluss mit dem musculösen gepaart. *Fascia pelvis*, *fascia perinaei* und *levator* wirken zusammen. Für die *fascia pelvis* ist der Levator zugleich ein wahrer Spannmuskel. Seiner Lage nach wird er sie nach vorn und zur Seite spannen. Die Spannung würde demnach nicht vollständig sein, wenn nicht noch ein accessorisches Bündel, vom Steissbeine entspringend, hinzukäme. Während sich nämlich die beiden Seitenhälften des Levator gewöhnlich sehnig an den unteren Rand und die Spitze des Steissbeins festsetzen und sich vom Steissbein bis zum Mastdarm in einer sehnigen Mittellinie vereinigen, entspringt von der vorderen Fläche des Steissbeins, meistens vom zweiten oder dritten, seltener vom ersten Steissbeinwirbel ein plattes dünnes Muskelstratum (Tab. I. γ.) mit longitudinalem Faserverlaufe, und verliert sich in die *fascia pelvis* am hinteren Umfange des Mastdarms. Dieses Muskelbündel ist in so weit unabhängig vom Levator, als die *fascia pelvis* hier eine Duplicatur bildet, deren oberem Blatte das genannte Muskelstratum adhärirt. Ich trage deshalb kein Bedenken, es mit einem besonderen Namen als *tensor fasciae pelvis* zu bezeichnen. Seine Fasern sind quergestreift, aber blass; doch ist es nicht zu verkennen, da seine Fasern in der Richtung vom Steissbeine zum After laufen, während die darunter liegenden des Levator einen queren Verlauf haben. Auf Tab. I u. II. γ. ist dieser Muskel dargestellt, der freilich in beiden Exemplaren ungewöhnlich stark und fleischig war. Oft ist er mehr sehnig, mit untermischten Muskelbündeln. Ganz vermisst habe ich ihn bis jetzt nicht.

Man darf nicht glauben, dass ich das Muskelbündel vor mir gehabt habe, welches schon Albin als *curvator coccygis* bezeichnet hat. Dieses habe ich nur ein paar Mal gefunden. Es liegt an dem inneren Rande des *musc. coccygeus* und steigt vom Kreuzbein zum Steissbein herab, jedoch nicht tiefer; gewöhnlich ist es ganz sehnig.

Ebensowenig kann man diesen *tensor fasciae pelvis* mit dem sehnigen oder musculösen Streifen verwechseln, welcher den hinteren Rand des *sphincter ani externus* an die Spitze des Steissbeins heftet, und den schon Santorin beschreibt. Dieser ist für die *fascia perinaei* von derselben Bedeutung, wie jener für die *fascia pelvis*. Er liegt immer mehrere Linien unter dem Levator und ist durch Fettpolster davon getrennt. Man kann ihn als *ligamentum ano-coccygeum* oder, wo er musculös ist, als Muskel gleichen Namens bezeichnen. Ganz ohne Muskelbündelchen findet man bei mikroskopischer Untersuchung auch diesen Streifen selten.

Bedenkt man, wie selten eigentliche Brüche an der unteren Beckenapertur sind, und wie mannigfach doch die Veranlassung dazu an dieser tief gelegenen Stelle des Unterleibes sich darbietet, so muss man sich darüber wundern, dass der Verschluss, der scheinbar doch nicht so gar stark ist, eine solche Sicherung hervorbringt. Die Gründe hierfür sind freilich zum Theil in der günstigen Richtung des Beckens im Verhältnisse zum Drucke der Unterleibseingeweide zu suchen; zum Theil aber gewiss auch in der Art des Verschlusses, zu welchem Fascien und Muskeln gemeinsam beitragen.

Der Druck der Eingeweide trifft die Beckenapertur nie senkrecht, also immer auch mit modificirter Stärke. Leisten und Schenkelkanal liegen senkrecht unter dem Drucke der Eingeweide, daher dort so häufig die Brüche. Im Becken tragen zunächst die Schambeine den Druck, und erst wenn er von dort nach hinten abgleitet, trifft er die Beckenapertur.

Da aber doch die dünnen Eingeweide regelmässig bei entleerter Blase ihren Aufenthalt im kleinen Becken nehmen, würden wir wohl öfter Brüche dort finden, wenn der Widerstand nicht so vortrefflich organisirt wäre.

Zuerst die Fascie des Beckens, freilich nicht sehr dick, aber in der Mittellinie, wohin sich wegen der trichterförmigen Gestalt des Beckenausganges der Druck concentrirt, auch nicht schwach. Besonders hindert sie das Eintreten der Eingeweide zwischen die Spaltflächen des Levator. In gleichmässiger Spannung kann sie gehalten werden durch die ihr adhärirenden Muskeln, den *levator* und *tensor fasciae pelvis*.

Unter ihr ein vollständiger trichterförmiger musculöser Rahmen, gebildet vom Levator und dem *sphincter ani externus*. Darunter wieder eine starke Ausbreitung der Perinealfascien mit ihren Tensoren. Angeheftet an die Scham- und Sitzbeine und das Steissbein, können sie gespannt werden, seitlich durch den *trausversus perinaei profundus* und *superficialis*, rückwärts durch das oft musculöse *ligamentum ano-coccygeum*. Die Stellung des Steissbeins endlich wird auch noch durch den *musc. coccygeus* gesichert.

ERECTION.

Mag es mir, nachdem ich schon manchen hierher gehörigen Punkt erörtert habe, erlaubt sein, mit ein paar Worten auf das Kapitel zurückzukommen, welches so viel besprochen und noch immer nicht erledigt ist, ja eine definitive Erledigung noch nicht so bald verspricht.

Sehen wir zuvörderst von dem Nerveneinflusse ab, der alle organischen Actionen als *prima causa* begründet und unterhält, und wenden unsere Betrachtung rein auf das mechanische des Vorganges, so giebt es zwei Wege der Erklärung: 1) aus vermehrtem Zuflusse, 2) aus vermindertem Abflusse des Blutes.

Da immer die einfachste Erklärung, wenn sie die Thatsachen hinlänglich aufzuklären scheint, vor allen complicirten den Vorzug hat, ist es nicht zu verwundern, dass bei den Erklärungsversuchen bald die eine, bald die andere dieser Ursachen vorzüglich, oft einseitig, berücksichtigt ist. Mir scheinen beide so Hand in Hand zu gehen, in so genauem mechanischen und physikalischen Zusammenhange zu stehen, dass ich eine Trennung beider fast naturwidrig nennen möchte. Es handelt sich hier ja nicht um die absolute Grösse eines der beiden Factoren, sondern um die relative beider; in dieser Hinsicht ist verminderter Abfluss so gut wie vermehrter Zufluss. Ist der Zufluss a und der Abfluss b, so suchen wir nur die Differenz a—b, und diese giebt uns mathematisch die Anfüllung des Gliedes.

Ich kann hier nicht unerwähnt lassen, dass meiner Meinung nach zwei Momente, welche bei der Erection zusammenwirken, gewöhnlich nicht streng genug geschieden werden.

Das eine ist die Anfüllung der *corpora cavernosa* mit Blut, das andere die Richtung, welche das Glied bei der Erection annimmt. Zu beiden wirken die nämlichen Processe, mannigfach in einander eingreifend, zusammen; aber dennoch sind beide Momente wieder theilweise unabhängig von einander, und gewiss würden manche Beurtheilungen der Schriftsteller weniger widersprechend ausgefallen sein, wenn man beide Punkte gehörig geschieden von einander gehalten hätte.

Ich handle zunächst von der Anfüllung.

1) Vermehrter Zufluss. Bekanntlich hat Müller durch die Auffindung der *arteriae helicinae* in neuerer Zeit der Meinung einen neuen Impuls gegeben, dass durch die Anordnung der Arterien im Verhältniss zu den *corpora cavernosa* ein rasch gesteigerter Blutzufluss veranlasst werden könnte. Die Streitigkeiten, welche sich darüber erhoben haben, drehen sich um das Vorhandensein oder Nichtvorhandensein dieser Arterien. Damit ist aber die Sache nicht gefördert. Die Hauptfrage ist die, ob das Vorhandensein der *arteriae helicinae* die Erklärung der Erection erleichtern würde.

Wir wollen diese Frage kurz betrachten.

Durchschneidet man einen ganz schlaffen und kleinen Penis, so zeigt sich in den *corpora cavernosa penis* oft gar kein Blut, oder so wenig, dass es kaum in Betracht gezogen werden kann. Seltener ist das *corpus cavernosum urethrae* und die Eichel blutleer, wenn auch oft nicht so viel darin ist, dass man es ausdrücken kann. Auf dem Querdurchschnitte zeichnet sich aber fast immer das *corpus cavernosum urethrae* durch röthere Farbe aus. — Unter anderen Umständen dagegen finden wir die *corpora cavernosa* strotzend mit Blut gefüllt. Die erste Folgerung ist also: es findet unter verschiedenen Umständen eine verschiedene Art der Circulation im Gliede statt. Das Blut kann, ohne die *corpora cavernosa* zu erfüllen, aus den Arterien in die rückführenden Venen gelangen.

Dies kann zwei Ursachen haben.

Entweder: Die cavernösen Körper besitzen in ihren Wandungen contractile Fasern, welche unter gewöhnlichen Umständen eine hinreichende Kraft ausüben, um die Wandungen der Hohlräume an einander liegend zu erhalten und dem Blute den Eintritt in grösserer Menge zu verwehren.

Oder: Ein Theil der Arterien, welcher mit grösseren Mündungen in die cavernösen Körper mündet, besitzt in den Endverzweigungen contractile Fasern, welche hinreichend sind bei mässigem Blutandrange die Lumina verschlossen zu halten, während andere kleine Gefässe diese Vorrichtung nicht besitzen und unter gewöhnlichen Umständen den Blutstrom zu den Venen überleiten. Dass diese Gefässchen das Blut auf einem besonderen Wege, nicht durch die cavernösen Venen, zu den rückführenden Venen leiten sollten, ist unwahrscheinlich, da die genauen anatomischen Untersuchungen nichts der Art ergeben. Sie scheinen auch in die cavernösen Venen einzumünden, aber das Blut in so geringer Menge zu führen, dass es die Räume nicht auszudehnen vermag.

Die Hauptfrage ist sonach, ob grössere Arterienendungen existiren, welche direct in die cavernösen Venen einmünden. Diese Frage ist äusserst schwierig zu entscheiden. Meines Wissens ist Krause der Erste, welcher die *arteriae helicinae* auf diese Weise deutet und als Gefässe von $^1/_{10}'''$ direct mit offnen Mündungen in die *Corpora cavernosa* einmünden lässt.

Ich habe vielfache Versuche gemacht, diese Frage zu entscheiden, und wenn ich auch keine Resultate bekommen habe, so will ich doch die Methode kurz angeben, da vielleicht Andere auf diesem Wege glücklicher sein können. Bevor ich die Injection durch die Arterien vornehme, bringe ich einen Tubulus in die *corpora cavernosa penis* und in die Dorsalvene in der Richtung nach vorn. Doch genügt, wenn man die Versuche auf die Zellkörper der Ruthe beschränken will, das Erstere. Nun blase ich die Zellkörper mässig auf und injicire dann in die Arterien. Zur Injection habe ich die verschiedensten Massen gewählt, als Leim, Cacaobutter, Firnissmasse, Wachsmasse mit Fett und Terpenthinöl. — Nach der Injection blase ich das Glied vollständig auf und trockne es nachher. Später werden Quer- und Längsschnitte, wie man sie grade zur Untersuchung wünscht, angefertigt.

Ich hoffte auf diesem Wege die Frage über die Arterienmündungen und das freie Hineinragen der Arterien in die cavernösen Körper zur Entscheidung zu bringen. Ich dachte, die eingeblasene Luft werde eine vollkommene Anfüllung der Zellräume verhindern, und etwa aus den Arterienendungen in die Räume hineinragende Tröpfchen würden den genommenen Weg bezeichnen. Aber vergeblich. Da wo die Zellräume sich gefüllt hatten, waren sie ganz erfüllt, wahrscheinlich indem die Masse die Luft in andere Zellen verdrängt hatte, und die anfüllende Masse verhinderte eine genaue Untersuchung; da wo sie leer waren, zeigte sich gar kein Uebergang von den Arterien in die cavernösen Räume. Jedoch gewinnt man ganz instructive Präparate für den Arterienverlauf. Man sieht sehr vielfach eine büschelförmige Verzweigung der Arterien da, wo die Wandungen mehrerer cavernösen Räume aneinander stossen. Indem in jede der zusammenstossenden Wandungen ein Aestchen übergeht, scheint die Verzweigung quirlförmig vor sich zu gehen, ein Verhältniss, welches sich aus dem Zusammenhange der *septula* nothwendig von selbst ergiebt. Wenn da, wo eine solche Gefässvertheilung vor sich geht, die Injectionsmasse gestockt war, zeigte sich das Bild der *arteriae helicinae*. Ausserdem sah ich nie Gefässendungen in die cavernösen Räume, die bei diesen getrockneten Präparaten natürlich eine schöne Uebersicht gestatten, hineinragen. Waren sie nicht injicirt? Waren sie durch das Trocknen auf die Fläche der Wandungen eingeschrumpft? Oder sind sie überhaupt nicht vorhanden? Ich mag nicht entschieden darüber absprechen, darf aber gestehen, dass der Glaube an die *arteriae helicinae*, als besondere Gefässe, durch diese Versuche sehr wankend bei mir geworden ist.

Eine andere Frage, welche bei diesen Versuchen entschieden werden sollte, ist die, ob die *septula* der cavernösen Räume ein wirkliches Capillarnetz, nach der Analogie der übrigen Capillarnetze, enthalten. Auch hierin bekam ich nur negative Resultate. Die Stellen, welche eine Ausfüllung der *corpora cavernosa* zeigten, zeigten gar keine Injection der feineren Gefässe in den Wandungen der Räume; man kann dies ermitteln, wenn man die in den cavernösen Räumen enthaltene Masse (Cacaobutter) mit Aether auswäscht. An andern Stellen, wo die cavernösen Räume nicht gefüllt waren, konnte ich die Gefässverzweigung in der näheren Umgebung der grösseren Gefässe verfolgen. Doch sah ich nichts, was man als eigentliches Capillarnetz bezeichnen könnte; die Gefässe zeigten immer den Charakter der Arterienverzweigung durch die Art der Theilung und die Grösse. Dass Anastomosen auch unter diesen Gefässen vorkommen, versteht sich fast von selbst, aber sie bilden kein eigentliches Gefässnetz und man sieht auf der Wand eines Maschenraumes selten mehr als 3—4 Arterien von $\frac{1}{10}$ — $\frac{1}{20}$''' verlaufen. Mehrere Anatomen leugnen bekanntlich das Vorkommen eines Capillarnetzes auf den Wandungen der cavernösen Räume. Wenn Arnold dagegen auftritt und die Capillarnetze vertheidigt, so kann ich aus seiner Beschreibung keinen Beweis für diese Behauptung entnehmen.

Ich halte diese schwierigen Untersuchungen vorläufig für unentschieden, bis es durch neue Methoden glücken wird, instructive und gleichmässige Präparate zu gewinnen.*)

Wenn wirklich grössere Gefässe aus den Arterien in die cavernösen Venenräume überführen, so muss wenigstens ihre Anordnung so sein, dass aus den Venen nichts in sie übergeht, denn es gelingt niemals, von den Venen aus Arterien oder überhaupt Gefässe in den Wandungen der Maschenräume zu injiciren. Dies würde sich am besten aus der Annahme erklären, dass die Arterienendungen in die Maschenräume hineinragten (Krause). Aber es lässt sich auch ohne dies durch den Druck erklären, den die eingespritzte Masse auf die Wandungen der Räume ausübt.

Wollen wir aber vorläufig von der Grösse der Gefässe, welche in die cavernösen Räume münden, ganz absehen, so bleibt immer die Annahme nöthig, dass eine mechanische Vorrichtung vorhanden sein muss, welche dem Eintritt des Blutes in diese Räume zu verschiedenen Zeiten ein verschieden grosses Hinderniss in den Weg legt. In dieser Beziehung glaube ich der Ansicht beitreten zu müssen, welche dies mechanische Moment in die Wandungen der *corpora cavernosa* selbst verlegt. Die Wandungen müssen eine beträchtliche Contractionsfähigkeit besitzen, mag man dieselbe nun in eingewebten Muskelfasern oder nur in den elastischen Eigenschaften des Gewebes suchen. Ich theile den Glauben an enthaltene unwillkührliche Muskelfasern, weil ich dies Gewebe bei Zerkleinerung der Maschenwandungen erkannt zu haben meine. Zugleich aber kenne ich zu sehr die Schwierigkeiten, das Gewebe der unwillkührlichen Muskelfasern da, wo es nicht in grösseren Massen durch die geordnete Lagerung der Bündel sich charakterisirt, mit Sicherheit zu erkennen, um diesen Beobachtungen einen grösseren Werth beizulegen als den, eine individuelle Meinung zu begründen. Die unwillkührlichen Muskelfasern haben, man muss sagen leider, so wenig Charakteristisches in ihren Primitivelementen, dass man, wenn man schliesslich durch langen Umgang mit ihnen ihr Gesicht kennen gelernt hat, doch in einzelnen Verhältnissen immer wieder irre wird, ob nicht eine Verwechslung möglich sei. Mir wenigstens hat es noch nicht gelingen wollen, zu der Sicherheit der Ueberzeugung zu gelangen, wie sie in neuerer Zeit von mehreren Anatomen, vor allen aber von Kölliker, in Bezug auf die Erkennung des Gewebes der glatten Muskelfasern dargelegt wird.

Für einige der Functionen, welche den cavernösen Räumen obliegen, ist es gleichgültig, ob man ihnen selbstständige Contraction oder nur Elasticität zuschreibt. Wenn z. B. nach vorhergegangener Anfüllung die Entleerung dieser Räume vor sich gehen soll, so wird eine elastische Contraction denselben Dienst leisten, als eine musculöse. Dagegen macht es für die Erklärung der entstehenden Anfüllung einen wesentlichen Unterschied.

Ist das Gewebe blos mit Elasticität begabt, so setzt es dem Blutandrange immer einen gleichmässigen Widerstand entgegen sowohl im gewöhnlichen, als im Zustande der beginnenden Erection. Dieser Widerstand wächst bei wachsender Ausdehnung der Wandungen, ist also immer dem Zwecke, der Anfüllung, entgegenwirkend.

· Rührt die Contractionsfähigkeit von Muskelfasern her, so liegt die Annahme nahe, dass sie durch Nerveneinfluss ihre Contractilität zeitweilig verlieren und so den früheren

---

*) Auch Köllikers neuere Angaben, Handbuch der Gewebelehre. 1852. p. 506, scheinen mir die Sache noch nicht zu erledigen. Seine, aus den *arter. helicinae* hervorgehenden kleineren Arterien können recht gut mangelhaft injicirt sein, wie Valentin dies schon früher ähnlich gesehen hat.

Widerstand vermindern, den Zweck befördern, also dem Zustandekommen der Anfüllung wesentlich dienen können. Sie treten in denselben Zustand ein, wie die Zirkelfaserhaut der Arterien.

Wenn es früher den physiologischen Ansichten anstössig erscheinen konnte, als Folge eines Nervenreizes directe Lähmung oder Unthätigkeit einzelner Muskelpartieen anzunehmen, da man sonst immer Thätigkeit durch Contraction in Folge solcher Reize wahrnimmt, so werden wir uns jetzt dieser Annahme, wenigstens in Bezug auf das Gefässsystem, nicht wohl mehr entziehen können. Schon länger ist es von vielen Seiten anerkannt, dass die locale Congestion auf einer Erschlaffung der Zirkelfaserhaut der entsprechenden Arterien beruhen müsse. Wenn z. B. bei der schmerzhaften Entzündung eines Nagels die Arterie bis zur Achselhöhle hinauf einen grösseren und volleren Puls zeigt, so müssen die mechanischen Bedingungen ganz den hydraulischen Gesetzen entsprechen. Die ganze Masse des Blutes steht überall, wo es auch sei, unter proportionalem Drucke. Der Druck ist das Resultat der Propulsivkraft und des geleisteten Widerstandes. Die Propulsivkraft, vom Herzen ausgeübt, kann sich für zwei gleichnamige Arterien nicht verschieden gestalten. Findet sich eine Verschiedenheit des Zuflusses zwischen beiden, so muss also der Widerstand in einer sich vermindert, bei vollerem Pulse die Arterie eine grössere Capacität angenommen haben. Man hat wohl geglaubt den volleren Puls aus dem vermehrten Widerstande erklären zu können, welchen das Blut in einem entzündeten Theile erfährt. Aber dies ist ein hydraulischer Irrthum. Der Druck vertheilt sich in einer Flüssigkeit immer gleichmässig und kann keine solche locale Vergrösserung der Blutsäule hervorrufen.

Dass der Nervenreiz es sei, welcher diese Erschlaffung der Zirkelfasern herbeiführe, war bis vor Kurzem eine Hypothese, welche durch wichtige Gründe unterstützt, aber nicht experimentell erwiesen werden konnte. Ed. Weber hat durch seine vortrefflichen Versuche die Bahn gebrochen, welche uns über diese Erklärungsschwierigkeiten hinwegsetzt und noch zu vielen andern wichtigen Erklärungen führen wird.

Kehren wir zu der Erection zurück und zwar zu dem einen Momente, dem vermehrten Zuflusse, so müssen wir mit Sicherheit zugeben, dass verminderter Widerstand in den Arterienwandungen eins der bedingenden Momente sei. Die sehr wahrnehmbare Pulsation der art. dorsalis penis giebt den Beweis; die mit dem Pulse isochronische stossweise Anfüllung des Gliedes einen zweiten.

Dürfen wir für die Wandungen der cavernösen Räume eine Muskelcontraction in Anspruch nehmen, so wird diese gleichzeitig mit den Arterienwandungen in Erschlaffung übergehen, der Widerstand, welcher dem Blute beim Uebergange in diese Räume entgegentrat, wird vermindert, vielleicht anfänglich ganz aufgehoben. Endlich kommt ein drittes Moment hinzu, das Ueberströmen in die cavernösen Räume bei zunehmender Anfüllung zu erleichtern. Die Wandungen der Räume lassen im zusammengezogenen Zustande den Gefässen keine Gelegenheit, gestreckt zu verlaufen. Vielfach gewunden schlängeln sich die Gefässchen an den Wandungen hin und bieten mit jeder Krümmung neue Gelegenheit zur Reibung. Dehnen sich die Zellenräume aus, so strecken sich die Wandungen und mit ihnen die Gefässe, welche nun in graderem Strome das Blut leichter überfliessen lassen.

Finden wir so in dem vermehrten Zuflusse ein wichtiges Moment zur Erklärung der Erection, so wird man darin doch schwerlich die ausreichende Ursache erblicken können. Umsichtige Theorieen haben auch niemals bis zu diesem Maasse die Thätigkeit der Arterien in Anspruch genommen. Bedenkt man die sehr grossen Abzugskanäle, welche zu den Beckenvenen zurückführen, so kann man nicht zweifelhaft sein, dass dieselben eine noch viel grössere Menge zugeführten Blutes zurückführen würden, wenn nicht der Rückfluss anderweitig gehemmt oder vermindert würde. Wir wollen deshalb zu diesen Erectionsursachen übergehen.

2) Gehemmter Rückfluss.

Die Hemmung des Rückflusses ist für die verschiedenen Theile des Gliedes nicht gleich. Während aus dem Harnröhrenzellkörper und der Eichel der Uebergang in die rückführenden Venen leicht gefunden wird, findet er aus den *corpora cavernosa penis* schwierig statt. Ich habe schon oben p. 35 der allgemeinen Erfahrung Erwähnung gethan, dass man die Ruthenzellkörper durch einen Einstich ganz vollständig injiciren kann, ohne einen Uebergang in die rückführenden Venen zu erzielen. Wenn man den Tubulus gut umsticht, kann man bei der Injection einen sehr beträchtlichen Druck ausüben, und dennoch bleibt die Masse auf die *corpora cavernosa penis* beschränkt. Da wir nun anatomisch die abführenden Venen kennen, welche theils in die *vena dorsalis* direct, theils, indem sie in der Furche zwischen Ruthen- und Harnröhrenzellkörper hervortreten, vermittelst der *venae circumflexae* zur *dorsalis* leiten, theils endlich als *profundae penis* aus den *crura penis* hervordringen, so kann das Hinderniss des Ueberganges nur in der Anordnung der cavernösen Räume selbst gesucht werden. Die Ausgänge verschliessen sich bei zunehmender Ausdehnung der Zellräume. Vielleicht werden die Ausgänge so verschoben oder verzogen, dass sie nicht mehr mit den cavernösen Venen ordentlich correspondiren. Ich habe einige Erfahrungen gemacht, welche mir zu beweisen scheinen, dass der Uebergang bei geringerer Ausdehnung der Räume leichter erfolgt als bei stärkerer Anfüllung. Während nämlich, wenn ich die cavernösen Räume des Penis direct und stark anfüllte, sich nur in wenigen Ausnahmsfällen etwas Masse in einzelne *venae emissariae inferiores**) verirrte, fand ich in mehreren Fällen, wenn bei Injection durch die Arterien die Zellräume sich etwas, aber nicht bis zur Erection, gefüllt hatten, diese unteren Abzugsvenen ziemlich gut injicirt.

Die Entleerung der *corpora cavernosa* nach vorhergegangener Anfüllung beweist aber, dass dieses aus einer mechanischen Anordnung hervorgehende Hinderniss nicht ein bleibendes sein kann. Ich weiss dafür keine andere Auslegung als die, dass nur die selbstständige Contraction der cavernösen Räume im Inneren des Gliedes die Ableitung beschaffen kann. Durch eine solche Zusammenziehung kann die richtige Correspondenz zwischen den cavernösen Venen und den *venae emissariae* und *profundae* hergestellt werden. Nehmen wir Muskelfasern in den Wandungen der cavernösen Räume an, so würde man sich den Vorgang folgendermassen erklären. Die Muskelfasern verlieren bei beginnender Erection ihre Contractionsfähigkeit; bei vermehrtem Blutandrange wird der Widerstand nun wesentlich geringer als vorher. Die Räume füllen sich, dislociren sich in Bezug auf die ausführenden Venen und bleiben in diesem Zustande, bis durch die Rückkehr des ursprünglichen Nerveneinflusses die Wandungen wieder ihre Contractionsfähigkeit erhalten, die ursprüngliche Lage in Bezug auf die Ausführungsgänge wieder herstellen und nun das Blut austreiben. Schreibt man den Wandungen nur Elasticität zu, so muss die ganze Veränderung allein durch den vermehrten

---

*) So können wir wohl die unten in der Furche hervortretenden Venen nennen; Müller bezeichnete die in die *dorsalis* mündenden als *venae emissariae*. Diese würden dann den Beinamen *superiores* erhalten.

Blutzufluss eingeleitet, herbeigeführt und unterhalten werden. Gewiss ist dies möglich, aber schwieriger und deshalb weniger wahrscheinlich.

In Bezug auf die Eichel und die cavernösen Räume des Harnröhrenschwellkörpers wissen wir, dass solche Vorrichtungen im Innern, welche einen Uebergang zu den rückführenden Venen erschweren, nicht vorhanden sind. Luft oder Injectionsmasse füllt, wenn nicht etwa stockendes Blut hindernd einwirkt, das ganze System mit allen zubehörigen Venen leicht. Hier muss also der Rückfluss anderweitig gehemmt werden. Es kann dies nur durch die Muskeln geschehen.

a) Die *vena dorsalis penis*, zwischen *albuginea* und *fascia penis* verlaufend, kann zunächst auf dem Rücken des Penis nahe vor der Symphyse durch die *mm. erector penis* und *accelerator* comprimirt werden, welche sich in dieser Fascie zum Theil inseriren. Ob diese Compression stattfindet, hängt davon ab, ob die Muskeln sich in dauernder Spannung befinden. Welche Kraft dadurch zur Hemmung des Rückflusses ausgeübt werden kann, ist schwer zu bestimmen. Einigermassen ist die Dorsalvene gegen den Druck dadurch geschützt, dass sie in der Rinne zwischen den beiden cavernösen Körpern des Penis verläuft. Doch ragt sie, bei injicirten Exemplaren, weit genug über dies Niveau heraus, um dem Drucke der Fascie nicht ganz zu entgehen.

b) Der *plexus venosus Santorini*, das Hauptreceptaculum des rückfliessenden Blutes, kann durch die Prostata, wenn der *m. adductor prostatae* (pag. 50) in Wirksamkeit tritt, gegen den Schambogen comprimirt werden. Um nicht in Wiederholungen zu gerathen beziehe ich mich auf die oben p. 50 angegebenen Versuche. Wenn sich der Muskel contrahirt, so wird nicht allein die Prostata gegen den Schambogen gedrängt, sondern es werden auch die grossen Venenplexus, welche zur Seite der Prostata nach der Blase hin verlaufen, von dem grade hier adhärirenden Muskel gegen die Prostata angepresst.

c) Die tiefen Venen, welche aus dem *bulbus urethrae* hervortreten und zur *vena pudenda communis* verlaufen, können durch den *m. accelerator*, zwischen dessen Spalten sie durchtreten, zusammengepresst werden.

Wenn wir sehen, dass auf diese Weise der bei weitem grösste Theil des rückführenden Blutstromes der comprimirenden Einwirkung gewisser Muskeln ausgesetzt ist, so bleiben darum doch noch immer einige nicht unbeträchtliche Abzugskanäle, welche der Muskelcompression nicht ausgesetzt sind. Die *venae dorsales subcutaneae penis* entspringen mit feinen Zweigen hinter der *corona glandis*, wo das Präputium sich an die Eichel anschliesst, nehmen die Gefässe der Haut auf, lassen sich aber auch, wie oben schon angegeben ist, von der *glans penis* aus injiciren. Sie communiciren oft durch eine grosse Anastomose, immer durch kleinere, mit der *vena dorsalis profunda* und verlaufen dann neben dem Rücken oder zur Seite des Gliedes gegen die Symphyse. Etwa 1 Zoll vor der Schambeinverbindung vereinigen sie sich regelmässig mit einer *vena circumflexa superficialis*, welche aus der Rinne zwischen *corpora cavernosa penis* und *urethrae* ihren Ursprung hat und nicht, wie die übrigen, zur *dorsalis profunda*, sondern zu der *subcutanea* geht. Auch verbinden sich beide *subcutaneae* regelmässig an dieser Stelle durch eine Queranastomose mit einander. Hier oder etwas später nehmen sie die *ven. scrotales anteriores* auf und gehen im Wesentlichen zu der *vena saphena magna*. Kleinere Zweige gehen zu den Venen der Bauchdecken, andere wenden sich, aber inconstant, gegen die Inguinalgegend und verbinden sich daselbst wieder mit anderen Venen, welche mehr rückwärts als die *circumflexa superficialis* aus dem *corpus caver-*

nosum urethrae entspringen und gewunden nach rückwärts verlaufen, um schliesslich in die *vena obturatoria* zu gelangen. In diesen zuletzt beschriebenen Netzen findet man keine grosse Regelmässigkeit; doch finde ich Kobelts Beschreibung und Abbildung im Allgemeinen durchaus getreu. (Wollustorgane p. 9. Tab. I. Fig. 1.)

Die zuletzt genannten Venenzweige werden bei der Erection dem Blute immer zum Rückflusse offen stehen. Wollte man auch annehmen, dass die am vorderen Theile des Gliedes verlaufenden *venae subcutaneae* bei der Begattung durch äusseren Druck und das straffe Zurückstreichen der Oberhaut zusammengepresst und unwegsam gemacht werden könnten, so kann sich eine solche Erklärung doch für die in den hinteren Theilen des Penis aus dem *corpus cavernosum urethrae* entspringenden und oberflächlich verlaufenden Venen in keiner Weise geltend machen.

Wenn aber einige Physiologen aus dem notorischen Offenbleiben einiger Abzugskanäle den Schluss ableiten möchten, dass der gehinderte Rückfluss nicht die Erection erklären könne, so ist dies einseitig geurtheilt. Nicht gehinderter Rückfluss, sondern Missverhältniss zwischen Zu - und Abfluss ist die Bedingung der Erection.*)

Ich habe bis jetzt nur von den Blutgefässen, als den Quellen der Anfüllung, gesprochen. Die Wirkung der *mm. erectores penis* und *acceleratores* zur Anhäufung des Blutes in den vorderen Theilen des Penis, wie sie de Graaf angiebt und Kobelt neuerdings besonders hervorhebt, erkenne ich vollkommen an. Ich habe mich darüber schon p. 47 ausgesprochen. Neben diesen Wirkungen haben sie aber auch noch andere Functionen, welche von nicht geringerer Bedeutung sind, zu erfüllen.

Dies führt mich auf den zweiten Punkt, welcher zu besprechen ist, die Richtung, welche der Penis bei der Erection annimmt.

Einige Anatomen sagen aus, dass sich eine vollkommene Erection des Penis durch Injection an der Leiche herstellen lasse. Dies würde beweisen, dass die Anfüllung des Gliedes allein hinreiche, eine vollständige Erection zu bewirken. Ich muss gestehen, dass dies mir nie gelungen ist. Ich habe sehr vollständige Anfüllung des Gliedes erreicht, und die getrockneten Präparate zeigen fast eine übermässige Ausdehnung, aber ich fand es doch immer nöthig, nach der Injection bis zum Erkalten der Masse das Glied künstlich zu unterstützen, um den Penis in der Stellung der natürlichen Erection zu erhalten.

Wenn somit auch durch die Anheftung der *crura penis* das angefüllte Glied mehr oder weniger seine Richtung im Verhältnisse zu den Beckenknochen erhält, so sind doch noch andere Hülfsmittel nöthig, um diese Richtung vollständig zu geben und zu erhalten. Dies sind folgende.

Nahe vor den Schambeinen unterstützt das *ligamentum suspensorium* die erigirte Richtung des Gliedes. Ich kann die Ansicht nicht theilen, dass das *ligamentum suspensorium* ohne alle Bedeutung für die Erection sei, dass es wegen seiner Schlaffheit und Länge gar nicht zur Wirksamkeit gelangen könne. Präparirt man am Cadaver dieses Ligament, so ist es allerdings so schlaff und lang, dass der Penis in seiner herabhängenden Stellung es kaum spannt. Bläst man aber an demselben Präparate den Penis auf, so verändert sich die ganze Lage. Durch die Vergrösserung des Gliedes *ad longitudinem* wird die *fascia penis* gleich-

---

* Wenn Kölliker neuerdings behauptet, dass nicht der geringste Apparat vorhanden sei, um den Rückfluss des Blutes zu hemmen, so liegt in diesem absprechenden Urtheile nur der Beweis, dass er sich zu einseitig an einer der zur Erection mitwirkenden Ursachen gehalten hat.

falls nach vorn vorgezogen und der Insertionspunkt des *ligamentum suspensorium* in dieser Fascie vom Schambeine bedeutend entfernt, wodurch eine Spannung dieses Ligamentes entsteht, welche für die Suspension des Penis wohl in Betracht zu ziehen ist. Die Annäherung des Penis an die Schambeine ist nicht so gross, als die Abweichung des Insertionspunktes des Ligamentes durch die Verlängerung des Gliedes.

Die *musc. erectores penis* bringen bei ihrer Contraction das angefüllte Glied in die Richtung der absteigenden Schambeinäste. Dass die Muskeln dies bewirken, lehrt die Erfahrung. Sowohl in der aufrechten Stellung als bei der Rückenlage bringen die Muskeln das Glied in die Richtung der aufsteigenden Schambeinäste, sind also wahre *erectores penis*. Zugleich geben sie dem Gliede eine grössere Rigidität. Das erstere bewirken sie durch ihren Ursprung und ihre flächenartige Ausbreitung auf dem *crus penis*. Man kann sagen, dass der Muskel in einer halben Spirale das *crus penis* umgiebt, von der inneren über die untere zur äusseren Seite es bedeckend, indem die Hauptmuskelfaserung des Muskels nach diesem Principe geht. Contrahirt sich die Spirale, so erfolgt die resultirende Bewegung in der Richtung ihrer Axe. Die Axe der Spirale ist hier aber parallel mit der Richtung des absteigenden Schambeinastes.

Die Steifung des Gliedes bei der Contraction dieser Muskeln erfolgt zum Theil durch die Compression der *crura penis*, wodurch der Inhalt in die *corpora cavernosa penis* gepresst wird, zum Theil aber auch dadurch, dass sich der vordere Theil der Muskeln in die *albuginea* und *fascia penis* inscrirt. Diese Theile werden also rückwärts gezogen, d. h. über ihren Inhalt fester gespannt.

Wenn die *crura* und *corpora cavernosa penis* durch die angegebenen Mittel ihre feste Stellung bekommen haben, so folgt die der Harnröhre mit ihrem Schwellkörper von selbst. Passiv wird, wie ich oben p. 42 angegeben habe, hierzu durch die *aponeurosis perinealis* eine Hülfe geleistet, und dass der *erector penis accessorius*, wo er vorhanden ist, dies unterstützt, ist ebenfalls oben besprochen (p. 45).

Darf ich meine subjective Meinung über den Vorgang bei der Erection noch einmal kurz zusammenfassen, so ist es folgende.

Auf den Grund einer unbewussten und unwahrnehmbaren Reizung der Gefässnerven erschlaffen die contractilen Fasern der Arterien und des Balkengewebes des Penis. Der verringerte Widerstand bedingt einen vermehrten Blutzufluss. Der wachsenden Anfüllung kann der Abfluss nicht gleichen Schritt halten, weil in den *corpora cavernosa penis* die Vorrichtung liegt, dass nur durch Zusammenziehung der Wandungen die Höhlen mit den Ausführungsmündungen correspondiren, und weil die *venae bulbi profundae* durch den *m. accelerator*, die *dorsales* durch den *adductor prostatae* und durch die vermöge der Muskeln gespannte *fascia penis* comprimirt werden. Bei steigender Anfüllung nimmt das Glied die Richtung der absteigenden Schambeinäste an, weil die *crura penis* diesem der Länge nach adhäriren, — weil der *bulbus urethrae*, hebelartig nach hinten vortretend, gegen die *aponeurosis perinealis* und den *m. transversus perinaei profundus* anschwillt, — weil der *m. erector penis* sich contrahirt und vermöge seiner mechanischen Anordnung die Richtung der *crura penis* in derselben Weise bedingt. Endlich trägt vielleicht der *erector penis accessorius* durch Abwärtsziehen der Seiten des *bulbus urethrae* zur Vervollständigung bei.

Bei der Ejaculation treten folgende Elemente in Wirkung. Die *vesiculae seminales* ziehen sich vermöge der unwillkührlichen Muskelfasern, welche kreisförmig (d. h. transversal) in den Wandungen der schlauchförmigen Windungen liegen, zusammen; darin werden sie unterstützt durch die unwillkührlichen Muskelfasern, welche sich in dem stärkeren unteren Blatte der *capsula vesicularum seminalium*, gebildet von der *fascia pelvis*, finden. Der ausgepresste Samen gelangt in die *pars prostatica urethrae* und vermischt sich mit dem *succus prostaticus*, welcher vermöge des *m. adductor prostatae* ausgepresst ist. Das Fluidum kann nicht nach hinten und oben entweichen. Einestheils hindert dies der *sphincter vesicae*, anderentheils wird der hintere Raum der *pars prostatica* überhaupt wohl kein grosses Lumen bieten, da der *adductor prostatae* die Drüse zusammenpresst. Nach unten dagegen bietet sich kein Hinderniss, der Samen fliesst in die *pars bulbosa*, welche nun, während der rhythmischen Relaxation des *m. accelerator* die *pars minoris resistentiae* bildet. Soll man, wie gewöhnlich geschieht, eine Theilnahme der Cowperschen Drüsen bei der Ejaculation annehmen, so wird man die Emission dieses Saftes auf Rechnung der Contraction des *m. transversus perinaei profundus* setzen müssen. Hat sich die *pars bulbosa urethrae* einigermassen gefüllt und ausgedehnt, so folgt die stossweise Contraction des *m. accelerator*, der dann gleichzeitig durch seine Contraction den vorderen Theilen des Penis eine vermehrte Blutfülle zuschiebt, und den in seinem Bereiche angesammelten Samen ausspritzt.

Ich weiss, dass in diesem Resumé manche Hypothesen enthalten und viele Einwürfe gegen dasselbe möglich sind. Ich gebe es nur als meine subjective Ansicht von dem Vorgange. Ich bin sicher, dass vieles anderweitig geglaubt, nicht aber etwas Widersprechendes bis jetzt bewiesen werden kann.

UTERUS.

In unserer Abbildung Tab. II haben wir den senkrechten Longitudinal-Durchschnitt einer *virgo* von 21 Jahren, die während der Menstruation sich erhängt hatte. Deshalb ist hier wohl das Organ ein wenig voluminöser, als es sonst bei Jungfrauen gleichen Alters gefunden wird, besonders in dem Durchmesser von vorn nach hinten. Die Lumina Tab. II. δ, welche sich auf dem Durchschnitte in der Substanz des Organs zeigen, gehören durchschnittenen Venen an und waren hier blutgefüllt und klaffend, ein Zustand, welcher bei nicht turgescirendem Uterus nicht so vorkommt.

Eine scharfe Grenze zwischen Körper und Hals des Uterus findet sich nicht; eine ziemlich genaue kann man ziehen, wenn man den Theil des Uterus, welcher genau und durch unmittelbare Verwachsung mit dem Bauchfellüberzuge bekleidet ist, als Körper, das Uebrige als Collum bezeichnet. Tab. II die Punkte ε. ε. Zwar ist auch der hintere Theil des Halses mit Bauchfell bekleidet, denn es geht am tiefsten Punkte der *excavatio rectouterina* bis an die hintere Wand der Scheide; aber die Bekleidung geschieht hier nicht unmittelbar. Auf allen gemachten Durchschnitten habe ich gefunden, dass das Bauchfell an der hinteren Seite, indem es von dem Collum zurücktritt, eine kleine Falte macht, welche durch schlaffes und blätterig gelagertes Zellgewebe (Tab. II. t.) an das Collum angeheftet wird. Dieser Raum, in welchem Gefässe in querer Richtung verlaufen, dient dazu, bei der Lagenveränderung der Theile eine gewisse Nachgiebigkeit zu beschaffen; so beim Coitus, der Schwangerschaft u. s. w. An der vorderen Seite ist das Collum mit der hinteren Blasenwand auf ähnliche Weise vereinigt, durch ein lockeres, blätterig-fächerförmig gelagertes Zellgewebe. Man erkennt diese Verhältnisse am besten, wenn man scharfe Durchschnitte (mit dem Rasirmesser gemacht) unter Weingeist betrachtet. Sind die Theile aus der Lage gebracht, so verwirrt sich das Bild, und es wird schwer, die Grenze zwischen dem Zellstoff und den blassen Muskelfasern zu finden.

Die *portio vaginalis*, Tab. II. r. s, ist nach hinten und unten gerichtet. Die beiden Lippen haben sehr verschiedene Länge. Die hintere ist im Ganzen länger als die vordere, da die hintere Wand der Vagina weit höher hinaufreicht, als die vordere. Die vordere Lefze steht aber tiefer, als die hintere. Die Zeichnung giebt eine richtige Anschauung der Lage der Theile, nur ist hier auch die ganze *portio vaginalis* etwas dicker, geschwollener, als bei nicht Schwangeren und nicht Menstruirten. Das gegenseitige Verhältniss der Lefzen stimmt aber mit dem an den übrigen Präparaten überein.

Die Uterushöhle, ein abgeplatteter Kanal, läuft nicht gerade, sondern schwach S förmig gekrümmt, so wie die Gestalt des ganzen Uterus in seiner Lage nicht eine gestreckte, sondern eine zuerst sehr wenig nach hinten, dann stärker nach vorn gekrümmte ist. Die S förmige Biegung des Kanals fand ich bei allen Exemplaren, bei den meisten jedoch etwas schwächer, als bei dem abgebildeten.

Nach mehrfacher Schwangerschaft, wo sich überhaupt im Uterus mehr eine Höhle, als ein abgeplatteter Kanal findet, ist dies Verhältniss nicht mehr so wahrnehmbar.

Bei den neuerdings wieder mehr in Aufnahme gekommenen Sondirungsversuchen der Uterushöhle verdient dieses Verhältniss Beachtung.

Die Lage des Uterus muss sich nothwendig nach der Lage der Nachbarorgane richten. Je nachdem die Blase oder der Mastdarm mehr gefüllt sind, wird er mehr im vorderen oder hinteren Theile des kleinen Beckens, etwas höher oder tiefer liegen. Bei unserem Exemplare, wo beide Nachbartheile mässig angefüllt sind, liegt er mehr im hinteren, als im vorderen Theile des kleinen Beckens. Sein Fundus erreicht die Höhe einer Diagonale, welche von dem oberen Rande der Schambeinverbindung zur Mitte des ersten Kreuzbeinwirbels gezogen wird. Die vordere Lefze der *portio vaginalis* liegt noch höher, als eine Horizontallinie, welche vom oberen Rande der *symphysis ossium pubis* gezogen wird. Eine Linie von diesem Punkte zur Mitte des Steissbeins berührt gerade die *portio vaginalis*.

Die Scheide wird in fast allen Abbildungen als ein hohler Schlauch dargestellt. Da dieselbe ausser etwa vorhandenem Schleim keinen perpetuirlichen Inhalt hat, so versteht sich von selbst, dass diese Darstellung sich nur auf die künstlich erweiterte Vagina beziehen kann und keine Ansicht von den normalen Verhältnissen giebt. Eine künstliche Erweiterung hat aber für die Abbildung hier gar keinen Zweck, und ich habe sie deshalb so dargestellt, wie sie sich auf dem Longitudinaldurchschnitte in den Präparaten zeigt. Die Wandungen liegen, wenn man sie nicht aus einander zerrt, überall dicht an einander, und zwar von vorn nach hinten, so dass sie seitlich in einem mehr oder weniger spitzen Winkel zusammenstossen. Die Richtung der Scheide ist eine nach hinten leicht convexe, jedoch abhängig von der Füllung der Nachbarorgane, so dass sie, wenn die vordere untere Mastdarmkrümmung etwas hervorragt, in ihrem unteren Theile eine mehr gestreckte Richtung annimmt, wie in der vorliegenden Abbildung. Sind Blase und Mastdarm leer, so ist ihre Krümmung weit stärker.

Die Schleimhaut der Scheide wird von einem starken Unterhautzellgewebe gestützt, welches ausser dem reichen Capillarnetze von vielen und ziemlich grossen Venen durchzogen ist (Tab. II 9. 9), deren Anfüllung dem Organe eine gewisse Turgescenz und Rigidität geben

kann. Die Schleimhaut tritt an der vorderen und hinteren Fläche besonders in der Mittellinie wulstig und faltig hervor; ganz auffallend geschieht dies in der untersten Partie der
vorderen Wand, wo ein beträchtlicher Wulst (Tab. II. *x*), der Scheidenwulst (Arnold, Anatomie II. 2. 310), *carina vaginae*, dadurch hervorgebracht wird; in einigen Fällen sah ich
diesen Wulst fast hahnenkammartig hervortreten. Dieser Wulst legt sich im jungfräulichen
Zustande so genau an die hintere Fläche des Hymen (Tab. II. *λ*) bis zur hinteren Wand der
Vagina, dass dadurch der Scheideneingang vollkommen verschlossen erscheint. Wenn man
bei Gebärenden untersucht, so stösst man gewöhnlich sogleich an der vorderen Wand des
Scheidenganges auf einen ziemlich festen, zuweilen ½ Zoll und mehr kielartig hervorragen-
den Körper. Es ist der angeschwollene Scheidenwulst. Gewöhnlich wird es als die fühlbar
hervortretende Umgebung der Harnröhre erklärt. Diese liegt aber ziemlich weit davon nach
vorn. Jedoch kann bei der Geburt der Druck auf diesen geschwollenen Wulst und vermittelst desselben auf die Harnröhre die entzündliche Geschwulst veranlassen, in deren Folge
die Urinverhaltung eintritt und bei Vernachlässigung Blasenscheidenfistel entsteht. Das Zellgewebe dieses Wulstes, welches den Raum zwischen der Schleimhaut der Vagina und der
Harnröhre ausfüllt, ist gefässreich und besonders von kleinen Venen durchzogen, und deshalb
der Turgescenz zugänglich.

Fast eben so reich ist die Gefässverbreitung in dem Raume zwischen der hinteren Wand des *introitus vaginae* und dem Mastdarm. Tab. II. *ϑ. ϑ.* Höher hinauf werden die Gefässe in der Wand der Scheide etwas sparsamer, die Venen kleiner, und beschränken
sich auf den engeren Raum des Gewebes zwischen Schleimhaut und Muskelhaut der Scheide.

Die Muskelhaut der Scheide (Tab. II. *o*) besteht aus einer nicht unbeträchtlichen
Schicht querlaufender, oder wenn man will, circulärer Fasern. Sie gehören dem unwillkührlichen System an. Am vollständigsten entwickelt ist das Stratum im obersten Theile der
Vagina, wo die Muskelfaserschicht derselben mit den Muskelfasern des Uterus in Verbindung
steht. Abwärts nimmt es an Stärke ab und verliert sich auf der Hälfte oder am unteren
Drittheil der Scheide. Tiefer findet man, wenn man mikroskopisch untersucht, dem Gewebe
noch unwillkührliche Muskelfasern beigemischt, aber ein vollständiges Stratum wie in den
oberen Partieen, habe ich da nie gesehen. Uebrigens sind mir auch Fälle vorgekommen, wo
die Ausbildung dieses Stratum schon in den oberen Partieen sehr mangelhaft war und sich
auf dem Longitudinalschnitt nur unterbrochen als wirkliche Schicht erkennen liess. Die blasse
Farbe der Muskelfasern macht die Untersuchung schwierig.

Nach aussen ist der Muskelschicht immer noch eine Zellstoffhaut aufgelagert, wodurch
die Wand der Scheide verdickt wird.

Die Scheide grenzt nach vorn theilweise an die hintere untere Blasenwand, nach hinten an den Mastdarm. Von beiden Organen wird sie aber durch eine Fascie getrennt, welche,
von der *fascia pelvis* gebildet, hier eben so gut die Zwischenräume zwischen Scheide und
Blase einerseits und Scheide und Mastdarm andererseits ausfüllt, wie den Raum zwischen Prostata, Blase und Mastdarm beim männlichen Geschlechte. In der Zeichnung sind die Fascien
blau angegeben. Die Ausbreitung ist genau nach der Natur. (Tab. II. *n. n.*)

Die Länge der Vagina habe ich bei den Präparaten, wo alles in natürlicher Lage
geblieben war, nie über 2½ Par. Zoll gefunden, und zwar in der längsten Ausdehnung, vom
Eingang bis zur oberen Endigung der hinteren Wand. Die vordere Wand ist 6—9‴ kürzer.
In den Handbüchern wird die Länge gewöhnlich auf 3½—4 Zoll angegeben. Dies kann
sich, wo es auch nicht ausdrücklich angegeben ist, immer nur auf die gestreckte und aus-

gedehnte Scheide beziehen. Wenn man dies nicht festhält, so kommt man zu unrichtigen Vorstellungen über die Lage der Theile. Rechnet man die Länge der Vagina zu 4 und dazu den Uterus mit 2 Zoll, so würde man den *fundus uteri* einen Finger breit über dem Promontorium zu suchen haben. Er bleibt aber bei gewöhnlichen Zuständen immer im kleinen Becken.

ERKLÄRUNG DER ABBILDUNGEN.

Auf Tab. I und II sind folgende Systeme durch Farben bezeichnet:

orangeroth: Peritonäum *(tunica vaginalis propria)*.

    blau: *Fascia pelvis, fascia transversalis (tunica vaginalis communis)*.

    gelb: die Schleimhäute.

blassroth: die Muskeln.

    violett: (Tab. I) die Venen und deren grössere Querschnitte.

T A B. I.

A. Durchschnitt der *symphysis ossium pubis*.

B. Durchschnitt des Kreuzbeins mit Steissbein und 5tem Lendenwirbel.

C. Blase.

D. Mastdarm.

E. Hoden.

F. Prostata.

G. Bauchmuskeln (*rectus* und *pyramidalis*).

H. *Crus corporis cavernosi penis dextrum*.

I. *Corpus cavernosum penis*.

K. *Corpus cavernosum urethrae*.

L. *Glans penis*.

M. *Ligamentum puboprostaticum medium* mit dem darunter liegenden *plexus venosus Santorini*.

N. *Ligamentum suspensorium*.

    a. Constante Mastdarmfalte. *Plica recti inferior*.

    b. Untere S förmige Mastdarmkrümmung.

c. c. *Sphincter ani internus*.

d. d. Pinselförmige Ausbreitung der Längsfaserschicht der Mastdarmmuskeln zwischen *sphincter ani internus* und *externus*. pag. 9.

    e. *Sphincter ani externus*.

    f. Muskelfasern aus der Longitudinalmuskelschicht des Mastdarms zum *m. transversus perinaei profundus* übergehend. pag. 9.

    g. *Musc. sustentator tunicae mucosae*. p. 9.

    h. Umgebung des *orificii vesicae*.

i. i. i. *Musc. sphincter vesicae*, im Querschnitt. pag. 11.

    k. Anheftung des unteren Endes des *m. detrusor urinae* zwischen den Bündeln des *m. sphincter vesicae* in pinselförmiger Ausbreitung. pag. 11.

9

l. Falte des Peritonäum in der *plica recto-vesicalis*.

m. *Fascia pelvis*. p. 36.

n. *Fascia pelvis* in mehrfacher Duplicatur. p. 36.

o. Querschnitt der unteren Windungen und *recessus des vas deferens*.

pq. *Pars prostatica urethrae*.

qr. *Pars membranacea urethrae*.

s. *Glandula Cowperi*.

t. *Pars bulbosa urethrae*.

u. Harnröhre.

v. Centrum der oberen Harnröhrenbiegung. p. 20.

w. Vordere Partie der Prostata. pag. 28.

x. Obere Schicht des *corpus cavernosum urethrae*.

z. Endigung der fibrösen Scheide des *corpus cavernosum urethrae* in der Eichel.

α. Anordnung der am Septum liegenden cavernösen Räume. pag. 34.

β. Vordere Endigung des *musc. urethralis transversus*. pag. 42.

γ. *Musc. tensor fasciae pelvis*. pag. 51.

δ. Stelle, wo sich folgende Muskelpartieen unter einander verbinden:
Longitudinalbündel des Mastdarms. f.
Hinterste Bündel des *accelerator urinae*. ε.
Musc. transversus perinaei profundus.
Musc. adductor prostatae.
Hinterste Partie des *stratum circulare urethrae membranaceae*.

ε. *Musc. accelerator urinae (bulbo-cavernosus)*.

ζ. Höhle der *tunica vaginalis propria*.

η. Durchschnitt der *cauda* und des *caput* der *epidydimis*.

θ. *Vas deferens*.

ϰ. Gefässe des Samenstranges.

ι. *Fascia transversalis*.

T A B. II.

A. Durchschnitt der *symphysis ossium pubis*.

B. Durchschnitt des Kreuzbeins mit Steissbein und 5tem Lendenwirbel.

C. Blase.

D. Mastdarm.

F. Uterus.

G. Bauchmuskeln (*m. rectus et pyrimidalis*).

K. Clitoris.

a. Constante Mastdarmfalte. *Plica recti inferior*.

b. Untere Sförmige Krümmung des Mastdarms.

c. c. *Musc. sphincter ani internus*.

d. d. Pinselförmige Ausbreitung der Längsfaserschicht der Mastdarmmuskeln zwischen *m. sphincter ani internus* und *externus*. pag. 9.

e. *Musc. sphincter ani externus*.

g. *Musc. sustentator tunicae mucosae*. pag. 9.

i. i. i. *Musc. sphincter vesicae* im Querschnitt. pag. 14.

k. Anheftung des unteren Endes des *m. detrusor urinae* zwischen den Bündeln des *m. sphincter vesicae* in pinselförmiger Ausbreitung.

l. Falte des Peritonäum in der *plica recto-uterina*.

m. *Fascia pelvis*.

n. *Fascia pelvis* in den Zwischenräumen zwischen Scheide, Blase und Mastdarm.

o. Muskelhaut der Scheide. p. 63.

p. *Orificium vesicae.*

pq. *Urethra.*

rs. *Portio vaginalis* des Uterus.

    r. *Labium anterius.*

    s. *Labium posterius.*

t. t. Blätterige Zellstoffverbindung zwischen *collum uteri, peritonaeum,* Blase und Mastdarm. p. 61.

u. *Glans clitoridis.*

v. *Corpus cavernosum clitoridis* (das *crus* durchschnitten).

γ. *Musc. tensor fasciae pelvis.* p. 51.

δ. Durchschnittene Venen des Uterus. p. 61.

ε. Grenze zwischen *corpus* und *collum uteri.* p. 61.

ζ. Uterushöhle.

η. Scheide.

ϑ. Venengeflechte in der Wand der Scheide. p. 63.

χ. Scheidenwulst. p. 63.

λ. Hymen.

μ. *Fossa navicularis.*

ν. *Frenulum.*

ξ. *Praeputium clitoridis.*

π. *Labium minus.*

ϱ. *Labium majus.*

τ. *Fascia transversalis.*

T A B. III.

F I G. I. (zu pag. 25.)

Harnröhre im ausgedehnten Zustande dargestellt, wie sich die Ausdehnungsfähigkeit nach injicirten Exemplaren ergiebt. Zugleich ist ein Katheter nach der pag. 20 angegebenen Biegung eingezeichnet, um die der Harnröhre entsprechende Lage desselben nachzuweisen.

A. Durchschnitt der Schambeinverbindung.

B. Blase.

C. Mastdarm.

D. *Corpus cavernosum penis.*

E. *Corpus cavernosum urethrae.*

F. *Glans penis.*

G. *Crus penis.*

abcd. Harnröhre, in welcher der Katheter liegt.

    a. *Fossa navicularis.*

    b. *Pars bulbosa urethrae.*

    c. *Pars prostatica urethrae.*

    d. Vorspringende hintere Wand des *orificii vesicae.* (*Luette vesicale* Lieutaud.)

    e. Prostata.

    o. Centrum der Harnröhrenkrümmung.

F I G. II. (zu pag. 20.)

Biegung des Katheters.

ABE. Ein Quadrant von 24''' Radius.

a C.
a D. } 18'''.

b D.
b E. } 12'''.

FIG. III. (zu pag. 16.)

Abguss der Blase durch Cacaobutter.

ACBD. Längsdurchschnitt des Blasenabgusses.
  AB. Beckeninclination.
  CD. Horizontallinie.
  Aa. Verticallinie.
  AE. Eindruck vom Mastdarme her.
    B. Eindruck von der *symphysis oss. pubis* her.
  Bab. Einsenkung der Blase in den Raum zwischen *symphysis oss. pubis, ligament. pubo-prostaticum* und *prostata.*
    ced. Trichterförmige Ausdehnung des *orificium vesicae* durch die injicirte Masse.
cd. ce. de. Die Linien zur Berechnung des Druckes. p. 17.

FIG. IV. (zu pag. 34.)

Querschnitt durch die Eichel, so dass die vorderen conischen Zuspitzungen der *corpora cavernosa penis* und der sog. Eichelknorpel getroffen sind.

  a. Querschnitt des sog. Eichelknorpels (vergl. pag. 34.)
b. b. Fibröse Haut der *corpora cavernosa penis.*
c. c. Vorderste Reste der cavernösen Maschen.
  d. *Corpus cavernosum urethrae.*
e. e. Eicheldurchschnitt.
  f. Präputiumstück.

FIG. V.

Längsdurchschnitt des Mastdarms bei einer durch die *plica recti inferior* gebildeten Strictur.
  a. Schleimhaut.
  b. *Stratum musculare circulare*, in die Falte der Strictur hineingezogen.
  c. Zellstoff, die Falte der Strictur ausfüllend.
  d. *Stratum musculare longitudinale*, über die Falte der Strictur gerade weg laufend.

Druck von J. B. Hirschfeld in Leipzig.

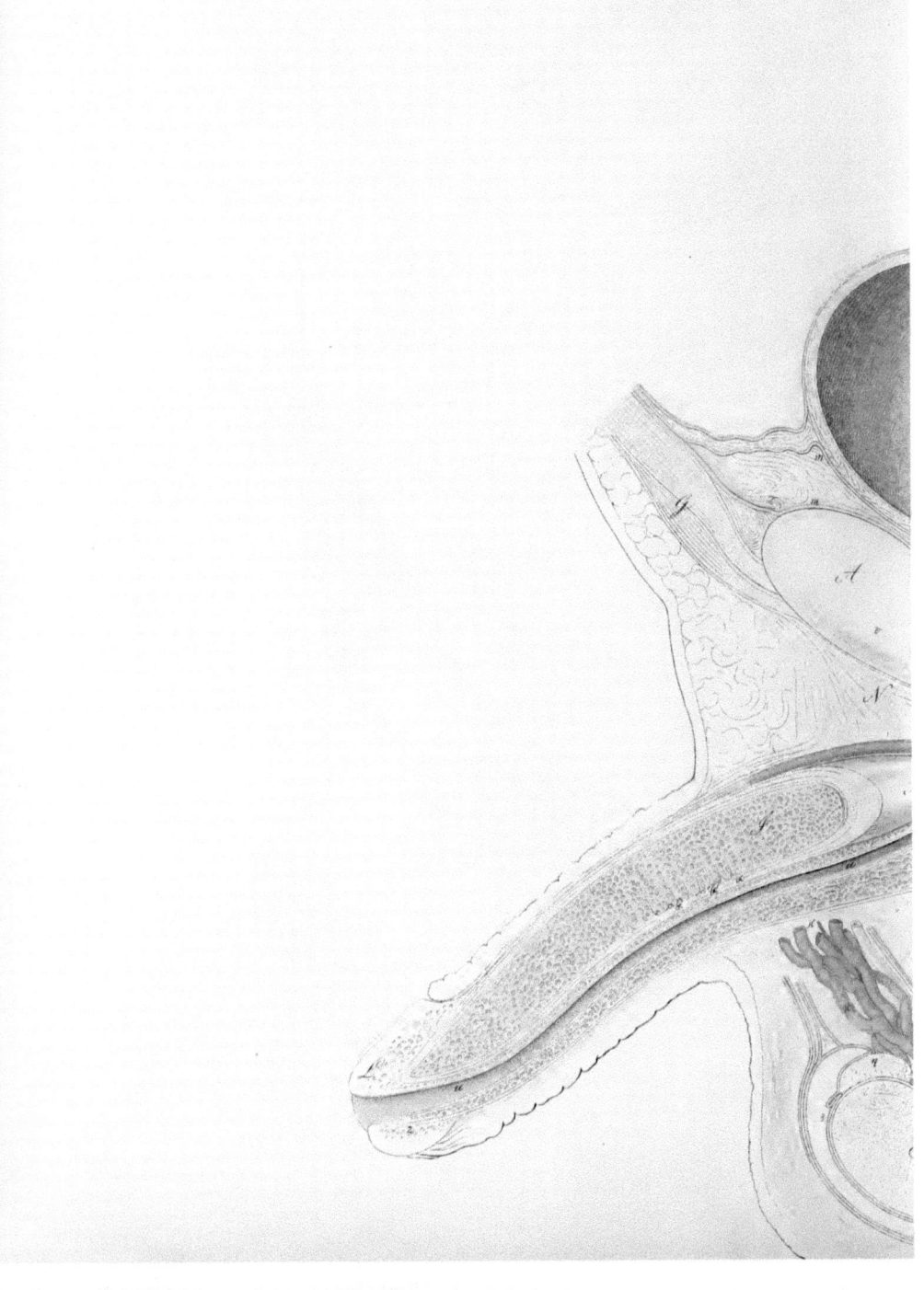

Tab. I

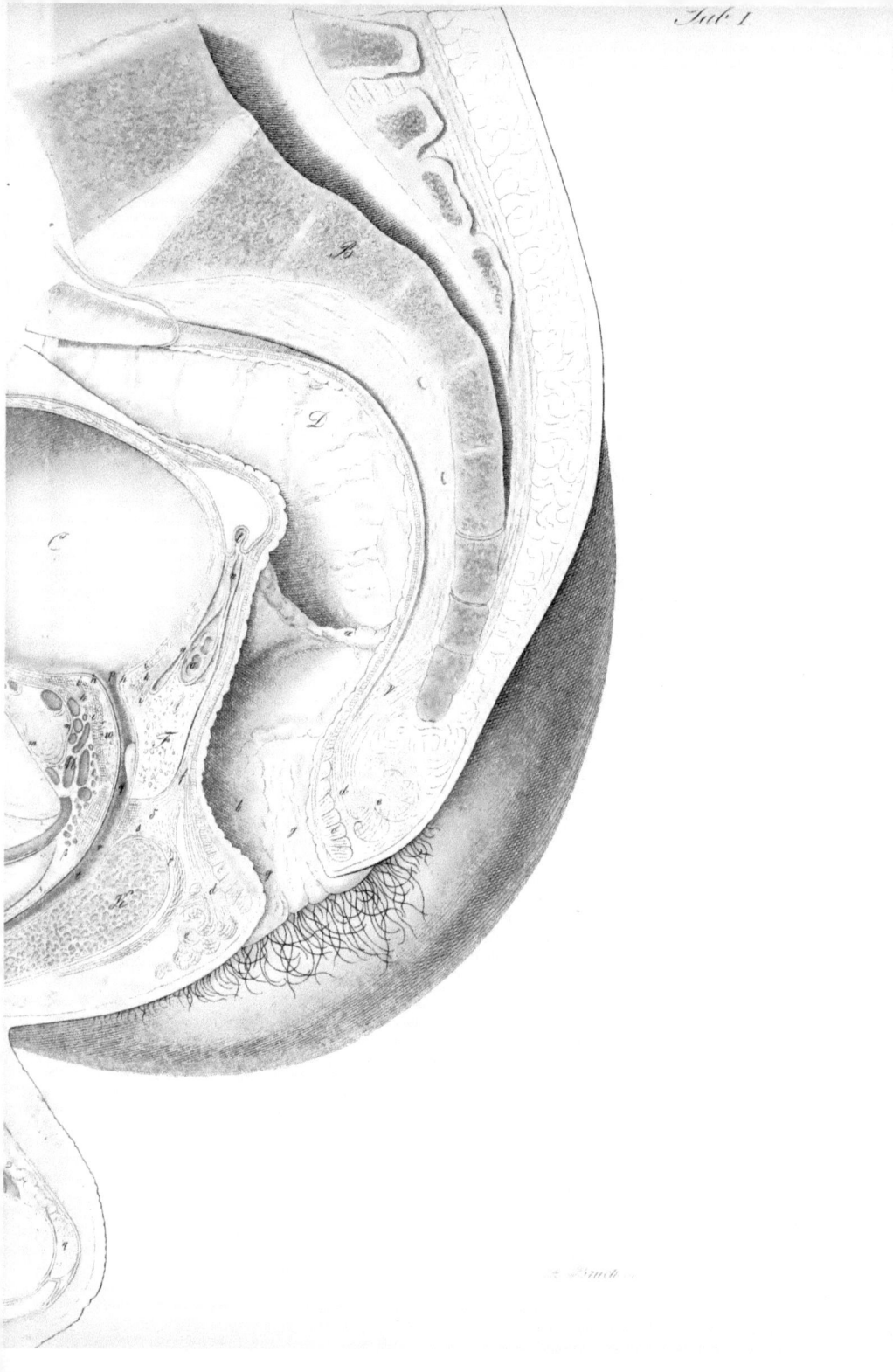

Tab II.